猫物語（ネコモノガタリ）

西尾維新　白

NISIOISIN

BOOK & BOX ORIGINAL DESIGN by VEIA

第懇話　翼・幻虎

BOOK&BOX DESIGN
VEIA

ILLUSTRATION
VOFAN

第貳話 翼・幻虎

HANEKAWA TSUBASA

001

這是我——羽川翼的物語，然而我無從述說。會這麼說的原因，在於我無法定義「我」的範圍。某位文豪筆下的角色，否認自己不經意伸直的腳尖也屬於自己的一部分，但以我的狀況用不著伸腳，我的心是否屬於我自己都值得存疑。（註1）

我是我嗎？

我是什麼？

我是誰？

誰——是我？

什麼——是我？

舉例來說，深入思索這種無益問題的這份思緒，真的說得上是我的一部分嗎？用說的或許可以，但這只是一種念頭，一種想法，或許是一種記憶，坦白說只不過是知識的累積，如果我是以經驗造就而成，那麼和我擁有完全相同經驗的人，或許也可以稱為我。

即使除了我還有另一個我，那也是我。

既然如此，不像我的我就不再是我了嗎？會有何種念頭？何種想法？

註1　出自谷崎潤一郎先生的著作《瘋癲老人日記》。

「羽川翼」這個名字，原本就已經不穩定了。

我的姓氏換過好幾次。

所以我無法期望以姓名代表自己，連一丁點都不行。我非常能夠認同「姓名只是一種符號」的論點，坦白說，我感同身受。

據說面對怪異時，最重要的就是確認對方的名稱，至少這是很重要的第一步。既然如此，我至今無法面對我自己的主要原因，或許在於我沒有認知到自己的姓名屬於我自己。

那麼，我應該先知道自己的姓名。

認知到「羽川翼」就是我自己。

這樣我應該就能首次定義我自己了。

不過，阿良良木應該不會為這種事情煩惱或停步，我想到這裡就覺得自己裹足不前的滑稽模樣很好笑。阿良良木曆即使成為吸血鬼，即使不再是人類，即使差點被各種怪異拖到另一邊的世界，依然一直堅定貫徹自己的立場與角色，我想到這裡就無地自容。

或許他沒有自覺。

他無論在何時何地總是貫徹自我，這種事從旁人的立場早已洞悉，而且真的是洞若觀火，但他或許意外的沒有自覺。

無須自覺。

阿良良木曆抱持自信，以阿良良木曆的身分活下去。

總有一天，他應該也能述說他自己的物語。

所以，我喜歡他。

羽川翼喜歡阿良良木曆。

到最後，我能夠述說的我，似乎也只能以這裡為起始點了。說來有趣，只有這部分確實是我的一部分。比方說我獨自在圖書館座位用功時，一時興起就會在筆記本角落寫下「阿良良木翼」這個姓名露出笑容，諸如此類。

以此做為我的物語，已然足夠。

阿瑟・伊格納修斯・柯南・道爾爵士創作的名偵探——夏洛克・福爾摩斯的六十部冒險故事裡，只有兩部短篇小說不是出自助手華生博士之手，而是由夏洛克・福爾摩斯本人親筆記錄，這兩部問題作品被某些福爾摩斯迷視為偽作，不過福爾摩斯在其中一篇——《皮膚變白的軍人》開頭是這麼寫的：

The ideas of my friend Watson, though limited, are exceedingly pertinacious. For a long time he has worried me to write an experience of my own. Perhaps I have rather invited this persecution, since I have often had occasion to point out to him how superficial are his own accounts and to accues him of pandering to popular taste instead of confining himself rigidly to fact and figures. 'Try it yourself, Holmes!' he has retorted, and I am compelled to admit that, having taken my pen in my hand, I do begin to realize that the matter must be presented in such a way as may interest the reader.

我也和大多數人一樣著迷於夏洛克・福爾摩斯超乎常人的本領，總是滿懷期待欣賞他大顯身手，所以他忽然說出這段「真心話」令我備感驚訝。

坦白說，我很失望。

總是在各方面大顯神威的他，如今卻說出這種凡人的感想，令我感覺受到背叛。

但如今我能理解。華生博士描述為「超人」的福爾摩斯，和真正的福爾摩斯有所差異，令當事人無法忍受。我能理解他身為凡人的一面。

能理解他想要辯解的心情。

名偵探被助手反駁「那你就自己寫寫看吧」，後來就發表了這兩部短篇小說。總之我要在剛開始的時候講明，接下來的物語對我來說，就是這樣的物語。

阿良良木誇張形容得像是歷史聖人或聖母的我，只是一名平凡人。接下來的物語是要讓各位明白這一點。

我是貓，是虎，也是人。

為了讓各位明白這一點，讓各位同感失望，我要述說這段關於背叛的物語。

我不認為自己能夠說得像阿良良木那麼好，但我想以不打草稿的方式盡力而為，因為任何人肯定都會像這樣述說自己的人生。

來吧。

從惡夢醒來的時刻來臨了。

002

聽說阿良良木的妹妹——火憐與月火，每天早上都會勤快地叫阿良良木起床，無論是平日、假日或節慶日都不例外，未曾中斷的每天叫他起床。阿良良木對此似乎感到非常困擾，但是在我眼中完全是「感情很好的兄妹」。

應該說，我羨慕至極。

我衷心這麼想。

在這個世界上，被妹妹仰慕到每天早上都會來叫起床的哥哥究竟有多少人？

不過以這個場合，我羨慕的或許不是阿良良木本人，而是羨慕每天都能看到阿良良木睡臉的火憐與月火妹妹。

真的是羨慕至極。

我衷心這麼想。

至於我——羽川翼每天是怎樣醒來的？如同阿良良木每天早上由妹妹叫醒，我每天早上由倫巴叫醒。

倫巴當然不是羽川家養的貓，也不是我有個叫做「羽川倫巴」這種奇特名字的妹妹，沒有故弄玄虛，就只是自動掃地機的名稱，型號是倫巴５７７。

設定早上六點自動啟動的高性能掃地機，每天都會來輕敲我的頭讓我清醒。

令我舒暢清醒。

雖說如此，倫巴和別種吸塵器一樣，打掃時會發出不小的噪音，其實在它沿著走廊接近我的時候，我就已經從睡夢中醒來。但我直到它輕敲腦袋才肯起來，就這樣閉眼等待著這一撞。或許是因為我嚮往著「被某人叫醒的感覺」，嚮往著這種「叫醒感」吧。

換個詩情畫意的說法，就像是睡美人。

不對，既然對方是掃地機，再怎麼形容應該都不會詩情畫意。

我居然形容自己是睡美人。

而且以倫巴的立場，打掃走廊時有個傢伙睡在中間擋路，它只會覺得礙事吧。

是的，我睡在走廊。

在獨棟住家二樓的走廊鋪被褥睡覺。

我自己認為這是稀鬆平常，理所當然至極的事情，但似乎並非如此。所以自從我不知情說出這件事，並且失去一位朋友之後，我就盡量避免說出這件事。

雖說如此，如今我並不想要求一張屬於自己的床。

已經成為理所當然了。

不想改變這樣的理所當然。

我從來沒有「想要自己的房間」這種幼稚的念頭，對了，我最近和班上同學戰場原成為好友，覺得這件事讓她知道也無妨而告訴她了，結果她說：

「什麼嘛，這不算什麼，像我家根本沒有走廊。」

從父女共住一間公寓套房的戰場原同學來看，或許這是奢侈的煩惱，何況我並沒有為此煩惱。

不。

或許不該這麼說。

我推測自己或許不想把這個家當成「自己的棲身之所」，和動物標記地盤的行為相反——我或許想和這個家保持距離。

不想在這個家留下自己的痕跡。

絲毫不想。

或許是這樣才對。

……我非得推測自己內心想法，只能用「或許」這種詞的原因，目前暫且不提。

「總之無論我至今怎麼想，再過幾個月就完全不重要，所以要避免深入思考。」

我自言自語收起被褥。

我起床還算俐落。

應該說，我不太清楚「睡迷糊」是什麼感覺。

我的意識開關，或許分明到不必要的程度。

該睡則睡，該醒則醒。

這是我的看法。

「我這方面的心態肯定和普通人有出入，阿良良木也經常說『妳覺得理所當然的事情，對我來說完全就是奇蹟』這種話……不過用奇蹟形容太誇張了。」

我繼續自言自語。

雖然在外面不會如此，但我在這個家裡總是經常自言自語，因為沒這麼做可能會忘記如何說話。

我對此不以為然。

在自言自語的時候，我會想到阿良良木並且自然露出笑容，我對於這樣的自己同樣不以為然。

我將被褥收進儲藏室，前往洗臉臺洗臉。

然後戴上隱形眼鏡。

以前戴普通眼鏡的時候，對於直接把鏡片貼在眼球的行為，我害怕得完全不敢想像，而且剛開始果然也怕得幾乎是閉著眼睛戴上鏡片（這是譬喻），不過像這樣習慣之後就沒什麼了。

凡事只要習慣就好。

因為鼻子與耳朵沒有負擔，甚至比戴眼鏡輕鬆。

不過想到明年之後的計畫，無論是隱形眼鏡或是普通眼鏡都會有不便之處，我最近甚至想下定決心，在畢業之前鼓起勇氣接受近視雷射手術。

我整理儀容之後前往飯廳。

我應該稱為父親的人，以及我應該稱為母親的人，一如往常在飯廳以同一張餐桌各自吃早餐。

對於進入飯廳的我，他們看都不看一眼。

我也沒有看他們。

只是位於視線範圍不算是「看」，內心的目光隨時都能移開。以內心的眼睛看事物很困難，不以內心的眼睛看東西很簡單。

在飯廳響起的聲音，只有電視裡新聞主播報導本日頭條新聞的聲音。

為什麼會這樣？

比起同在飯廳的兩人，遠方電視臺的新聞主播似乎離我更近。

真的很想知道為什麼。

我甚至想對這位主播小姐道早安。

這麼說來，我不知道多少年沒在這個家說出「早安」這兩個字了，我試著搜尋記憶卻完全沒有頭緒。我記得曾經對倫巴說過五次早安（如前文所述，並不是睡迷糊所說的，是真的道早安，那臺自動掃地機的動作莫名像生物），但我真的未曾對我應該稱為父親的人，以及我應該稱為母親的人說過早安。

連一次都沒有。

哇。

這令我感到驚訝。

我曾經對阿良良木說「我自認有試著親近父母」這種話，這句話似乎和真相不同。不過我滿口謊言並不是現在才開始。

我這個人以謊言組成。

和真實相隔甚遠——這就是我。羽川翼。

畢竟從名字就在騙人了。

我無聲無息關上門，沒走向餐桌就進入廚房。雖然是為了做早餐，但我希望儘可能晚點靠近他們所坐的餐桌，我難免有著這種念頭。

這只是無謂的抵抗，應該說空虛的抵抗。

但還是允許我進行這種程度的抗爭吧。

還沒有達到武裝政變的程度。

我內心不太想把這裡稱為「我家」，總之羽川家的廚房有許多烹飪器具，砧板有三張，菜刀有三把，湯鍋與平底鍋也各有三個，其中代表的意義正如各位所想，住在這個家的三人，會各自使用不同的烹飪器具。

這也是我說出來之後，害我失去一位朋友的事情之一。

浴缸的熱水有人泡過就會全部重放，衣服也是分開洗，類似的事情不勝枚舉。

不過很神奇的是，我完全不認為這樣有問題，即使因而失去好幾位朋友，也從來沒想過羽川家應該改成和別人家一樣的做法。

只是因為出門的時間大致相同，所以「湊巧」在相同時間吃早餐，不過只像是在餐廳共桌，三人毫無對話，也不會有人順手幫另外兩人做早餐。

我挑選出自用的烹飪器具，然後下廚。

沒有要做什麼費工的早餐。

把煮好的一人份白飯盛到碗裡，做味噌湯、煎蛋捲與魚料理，然後製作生菜沙拉（有人說我這樣吃太多，但我習慣早餐吃飽一點），分三次端到餐桌，最後再為了泡茶來回一次。如果有人幫忙，我就不用來回四趟半，但這個家當然沒人願意幫我，倫巴也沒辦法幫我到這種程度。

要是阿良良木能幫我就好了。我如此心想並來到餐桌就座。

「我要開動了。」

我雙手合十說完之後取筷。

我沒有聽另外兩人這麼說過，但我即使不會說「早安」與「晚安」，也不會省略「我要開動了」與「我吃飽了」這兩句話。

尤其是春假之後，每次都不會省略。

這些話語是獻給成為我的血肉，在成為食材之前擁有生命的動植物。

他們是為了這樣的我而犧牲的生命。

我抱持著感恩的心享用。

003

我用過早餐，從睡衣換成制服之後立刻出門。阿良良木似乎要用掉大約八十頁才會出門，但我就是如此。這應該是家裡是否有家人令自己不捨離家的明確差異。

就這樣，今天開始是新的學期。

我鬆了口氣。

打從心底感覺得到救贖。

新學期總是我的救命恩人。

假日就是散步的日子——雖說如此，在外面閒晃依然有極限，想當不良少女也要適可而止。我在暑假擔任家教協助阿良良木考大學，一方面為了提升阿良良木的學力，另一方面應該也是要當成藉口，讓我不用回到那個家。

所以，能夠上學令我鬆了口氣。

放下內心的重擔。

不過，無論是散步、當家教或是上學，我最後還是不得不回到那個家，這是最令我感到憂鬱的事情。

是的，對我來說只是「回到住家」，絕對不是「回家」。

基爾和美琪到最後發現幸福的青鳥就在家裡，既然這樣，沒有家的人要去哪裡尋找幸福的青鳥？

還是說，要改為尋找其他的東西？

或許該找的不是青鳥，而是……白貓之類的。

何況講得悲觀一點，即使家裡有幸福的青鳥，也無法保證沒有躲著不幸的猛獸。

我思考著這樣的事情前進時，發現一名雙馬尾少女出現在我的去路。

「哎呀哎呀，這不是羽川姊姊嗎？」

少女——八九寺真宵小妹如此說著轉過身來，以俏皮的動作跑向我，一舉一動都可愛至極。這份可愛令阿良良木為她心醉神迷，不知道她對此有多少自覺。

「羽川姊姊，今天似乎開學了。」

「嗯，沒錯。」

「勤於向學也是不可等閒視之的辛苦工作，雖然我只是小學生，同樣在克服眾多艱困挑戰的每一天逐漸消瘦，暑假也差點被大量的作業壓垮，形容為抗戰紀錄應該也不為過。」

「這樣啊……」

果然，這孩子只要不是跟阿良良木交談就完全不會口誤。我如此心想並且詢問：

「真宵小妹在做什麼呢？」

「在找阿良良木哥哥。」

她如此說著。

哎呀哎呀。

我才應該要哎呀哎呀。

如果是阿良良木四處徘徊尋找真宵小妹，那我還能理解，不過真宵小妹尋找阿良良木真的很稀奇。

不對，這麼說來，她之前好像說過類似的話？記得是小忍下落不明那時候……既然這樣，難道又發生這種事了？

真宵小妹似乎是從表情看出我的擔憂，連忙出言否認。

「不不不，並不是發生什麼不得了的事情，只是我有東西忘在阿良良木哥哥家，所以想找他還我。」

「忘記東西？」

「您看。」

真宵說著轉身背對我。

她可愛的背沒什麼特別的東西，不過仔細想想，「沒什麼特別的東西」才奇怪，真宵小妹最迷人的特徵，在於她隨時隨地背著一個大背包。

背包不在她身上。

這是怎麼回事？

「怎麼會這樣？真宵小妹，妳剛才說什麼？把東西忘在阿良良木家？」

「是的，我昨天被他帶到家裡。」

真宵小妹就這樣背對著我，以困惑的語氣回應。

「當時我不小心把背包忘在阿良良木哥哥家了。」

「帶到家裡？」

「強行帶到家裡。」

「……慢著，這樣更像犯罪了。」

如果我再問一次，可能會從「強行帶到家裡」變成「綁架到家裡」，所以我刻意不追問。總之真宵小妹似乎把背包忘在阿良良木家了。

她忘的東西還真豪邁。

「不過既然這樣，到阿良良木家就行了吧？」

座標完全不對。

她為什麼會在這裡？

「我當然有先到阿良良木哥哥家，但他似乎已經出門，沒看到腳踏車。」

「這樣啊……？不過阿良良木會這麼早上學嗎？」

我不想多待在那個家一分一秒才會盡早上學，不過以阿良良木的狀況，他即使想早點出門，妹妹也不會輕易答應，說穿了平常就處於半軟禁狀態，所以如果他一大早就出門，應該是有非常重要的事情必須在上學前處理……

「不然有可能是重要的事情還在處理，從昨晚一直沒回家。」

不是提早離家，而是尚未返家。

「對喔，我沒想到這一點，不愧是羽川姊姊，好高明的推理，確實有這種可能性，說不定在我好不容易逃離阿良良木哥哥家之後，發生了不能等閒視之的事件。」

「說得也是。」

「好不容易逃離」就已經是不能等閒視之的危險字眼了，不過就當作沒聽到吧。感覺要是繼續追問，可能會令各種遺憾的真相曝光。

「總之無論如何，我不認為阿良良木哥哥會在這種時間直接去學校，所以惹人憐愛的我就像這樣隨意亂逛找他了。」

「真宵小妹不太擅長找人呢。」

完全就是碰運氣。

這種找法怎麼找得到阿良良木？別說線索，連個頭緒都沒有。

「不不不，正因如此，我才能見到羽川姊姊，所以請別小看我的尋找能力。」

「好樂觀……」

「不過對於羽川姊姊來說，像這樣遇見我，還不能確定是幸或是不幸吧？」

「嗯？為什麼？見到真宵小妹的這一天肯定會發生好事，妳已經被當成幸運道具在這個區域傳開了。」

「請不要編這種奇怪的傳言……」

出處當然是阿良良木。

他說起這方面的謠言，無人能出其右。

阿良良木是頗有天分的說書人。

「那麼，要是我在學校見到阿良良木，會轉告真宵小妹正在找他。」

「麻煩您了。」

真宵小妹說著恭敬低頭致意，以俏皮的動作沿著剛才走的方向離去。

雖然是理所當然，但她跟我交談時，不會像是跟阿良良木交談那麼久。能夠和真宵小妹這樣的可愛女生以相同高度聊天的阿良良木令我羨慕，能夠和阿良良木一直聊下去的真宵小妹也同樣令我羨慕。

阿良良木或許把這種事視為理所當然。

但是由我來說，這才更像是奇蹟。

令我羨慕。

「我告辭了！羽川姊姊，後會有期！」

真宵小妹在遠處再度轉身，說出這番話揮手致意。

我也同樣向她揮手道別。

「嗯！再見～！」

「我和阿良良木哥哥接下來發生的事情，請見下集分曉！」

「別這麼明顯埋下伏筆。」

與其說伏筆，已經算是宣傳了。

我在最後如此吐槽，就像阿良良木對真宵小妹做的那樣。

004

據說，遭遇怪異就會受到怪異的吸引。

似乎如此。

實際上究竟是吸引、是著迷、是拖曳甚至輾壓，越是深思越會產生密切關連，逐漸混淆不清——依照忍野先生的說法，人只要「遭遇」怪異一次，今後的人生就會容易遭遇怪異。

他說這種現象沒有道理可循，但我覺得可以用道理來解釋，而且是毫無神奇可言的實際道理。

凡事都以道理來解釋，這是我的壞習慣，或許該說是惡毒的習慣。

簡單來說，就是記憶與認知的問題。

任何人應該都有這樣的經驗。從學習到「某個新詞」的下一瞬間，接觸到這個詞的機會就增加了。

比方說學習到「肉凍」這個詞之後，在閱讀報紙或小說，抑或是看電視或電影的時候，會莫名常聽到「肉凍」這個詞。

不只是語言，音樂與姓名也會出現相同的現象。

知道就會知道。

知道就更加知道。

知識等於認知，等於記憶。

只是剛好知道而已。

換句話說，認知「這個東西」的思考回路成立之後，至今總是在每天接收的大量情報裡被忽略的「這個東西」，變得可以萃取而出了。

怪異無所不在。

怪異只存在於那裡。

只是我們有沒有察覺罷了。

所以，「第一次」很重要。

最初的那一次，最為重要。

阿良良木是鬼。

戰場原同學是螃蟹。

真宵小妹是蝸牛。

千石妹妹是蛇。

神原學妹是猿猴。

火憐妹妹是蜂。

我則是——貓。

……至於我忽然提到這個話題的原因，在於我正親眼目擊。

目擊什麼？

怪異。

「唔哇……」

一般人遭遇怪異，肯定會這麼想。

世界上不可能有怪物，世界上不可能有妖怪，我現在看到的不是什麼怪異——

一般人肯定會這麼想。

但是現在的我，滿腦子以完全相反的方式來解釋。

我衷心希望眼前的「這個東西」是怪異。

因為——是虎。

一隻虎。

這隻虎就在我面前悠然行走。

黃黑相間的斑紋。

宛如圖畫描繪的虎。

我剛目送真宵小妹離去，在路口轉個彎就看到這隻虎了。不對，即使以這種文字敘述也毫無現實感，真實性等於零。

沒有這種感覺，所以應該不是現實。

應該是怪異。

而且無論如何，如果不是怪異就麻煩了。這隻虎和我距離不到五公尺，伸手就碰得到牠的斑紋毛皮，如果這隻虎不是怪異而是真虎，比方說是從動物園逃出來的虎，我肯定會沒命。

這是想逃也逃不掉的距離。

會被吃掉。

會被拿來開動。

我將會交出生命的接力棒。

話說，有人認為高度發展的科技與魔法難以區分，但是過度玄妙的怪異也和現實難以區分。

這種獨特的獸味，強烈的存在感，從任何角度來看都很驚人，雖然沒有現實感卻很現實，沒有真實性卻宛如真實的聚合體。但是不要緊，記得親愛的電視主播小姐，今天完全沒報導老虎逃離動物園的消息。

『……[redacted]。』

這隻虎，發出吼聲。

並沒有像漫畫裡的猛獸，刻意吠出「嘎喔～」的聲音。

然後這隻虎停下腳步，狠狠瞪我。

完了。

和牠視線相對了。

無論這隻虎是現實還是怪異，視線相對就不太妙。

如果是現實之虎，光是這樣當然就構成我遇襲的理由。如果是怪異之虎，「我認知到牠」和「牠認知到我」同樣麻煩，或許還更加麻煩。

我立刻移開目光。

讓虎離開我的視線範圍。

虎因而沒有進一步的動作，但我也同樣待在原地動彈不得。以結果來看，無論對方是真正的動物或是怪異，我採取的反應都是不上不下。

如果想逃明明可以逃，我為什麼沒有逃離這裡？

明明逃離就能得救，我為什麼沒有逃？

「…………」

不知道僵持了多久。

在這種時候，經常會形容成「宛如好幾個小時般漫長」，或是反過來形容成「宛如眨眼般短暫」，不過老實說，我甚至沒有餘力思考這種事。

我的精神容量比我想像的還要小。

無法存在於此處，也無法不存在於此處，簡直如同我自己才是怪異——然後，狀況終於有進展了。

『嗯，白色。』

這隻虎說話了。

確定是怪異無誤。

『白——白得極端。』

虎說完之後（當然沒有在語尾加上「嘎喔～」這種字眼），原本停下來的四隻腳緩緩地，慢吞吞動了起來，毫不眷戀從我身旁經過。

我沒有近距離看過虎這種生物，至今完全無法拿捏五公尺遠對象的距離感，但這隻虎經過我身旁時，我發現牠身體高過我的頭，令我重新體認到牠巨大得超乎現實。

這時候不應該轉身才對。

既然牠願意從身旁經過，應該就這麼讓牠從身旁經過。對方已經移開目光，所以這邊更不應該投以目光。

但我那麼做了。

白色。

白——白得極端。

這隻虎對我說的話語束縛住我，使得我沒有多想，甚至毫無警戒。

就這樣轉身了。

何其愚蠢。

包含黃金週在內，我在第一學期受到的那些教訓，幾乎沒有在這時候活用，這樣我根本沒有資格說阿良良木。

不，以我的狀況，我比阿良良木嚴重太多了。

「……啊。」

但是，不知道是否該說「幸好」，不對，很明顯應該要這麼說。我轉身一看，後方一無所有——別說虎，連一隻貓都沒有。

只有道路。

一如往常的上學道路。

「……這下麻煩了。」

我這麼說不是因為虎消失，是因為我看了左手手錶的時間。

八點半。

看來我似乎打從出生至今第一次遲到了。

005

「戰場原同學，跟妳說喔，我今天上學途中，遇到了一隻老虎。」

「這樣啊。話說羽川同學，我有義務聆聽這件事的詳情嗎？『跟妳說喔』不是開場白，而是妳出自內心的願望？」

開學典禮結束，學生們三三兩兩回到教室時，我跑到同班的戰場原同學身邊。

並且提及今天早上的事情。

戰場原同學隨即露出頗為不悅的表情，回以這個明顯不悅的反應，但她並沒有不分青紅皂白就拒我於千里之外。

「所以呢？」

她催促我繼續說下去。

她在暑假期間剪掉及腰的長髮，後來立刻返鄉回到父方的老家，所以不提阿良良木的感受，短髮的戰場原同學給我一種新鮮感。

她的五官原本就很端正，無論髮型是長是短，都宛如量身打造般適合她，不過她在第一學期那種「深閨大小姐」的氣息，隨著髮型改變完全消失了。

這件事使得班上同學私底下議論紛紛（或許比我剪頭髮時討論得更加熱烈），但是依我的看法，用「深閨大小姐」形容女高中生近乎是壞話，所以我認為現在這樣是好事。

「羽川同學，妳說虎？不是貓？」

「嗯，不是貓，是虎。」

「不是虎斑貓？」

「嗯，虎斑虎。」

「不是虎斑的斑馬？」

「這樣應該就只是普通斑馬吧，總之不是。」

「不覺得把『練馬區』改成『斑馬區』，就會有更多人移居過去嗎？」

「不覺得。」

戰場原同學輕哼一聲點了點頭。

「過來。」

她說完就牽著我前往暗處。

距離班會開始還有一段時間，所以她似乎是想遠離人群，而且這個話題確實不方便在大庭廣眾之下討論。

我們來到體育館後面。

上一句話聽起來有點恐怖，不過自從去年女籃社創下佳績，體育館周邊管理得無微不至，所以這裡反而是個健康的開闊場所。

而且今天天氣很好，這裡成為了適合女生開心暢談戀愛話題的地方，可惜我們開心暢談的是靈異話題。

或許不應該說成開心暢談，而是嚴肅深談。

「看見一隻虎……羽川同學，這是不得了的事情吧？」

「我也這麼認為，啊，但不是那樣，我想那不是真正的虎，應該是怪異，因為牠會說話。」

「還不是一樣，並沒有什麼差別，因為對於日本人來說，真正的老虎也等於是怪異。」

「啊啊……」

說得也是。

戰場原同學還是老樣子，對事物有著大膽的見解。

現實層面的大膽見解。

「如果有人宣稱熊貓是妖怪，我會相信。」

「唔～這就難說了。」

「長頸鹿完全就是轆轤首吧？」（註2）

「對於戰場原來說，動物園應該是鬼屋囉？」

「或許吧。」

戰場原說完點了點頭，真老實。

「不過羽川同學，請一定要讓我這麼說——妳真的遇到超乎預料的東西了。老虎，

註2　脖子能自由伸縮的日本妖怪。

老虎，是老虎！該怎麼講，這簡直太帥氣了吧？螃蟹、蝸牛、猿猴，記得火憐妹妹是遇到胡蜂？繼這樣的陣容之後居然是老虎，明明大家至今避免過於搶眼，貼心希望能並肩跑向終點，都已經和樂融融走到這一步了，不懂得察言觀色也要有個限度吧？這搞不好比阿良良木的鬼還要帥氣。」

「這也是戰場原同學獨特的見解吧……」

「虎對妳做了什麼？」

「不，什麼都沒做，至少我如此認為。不過這種事並不是自己就說得準，所以我才想問問看。今天的我有哪裡不對勁嗎？」

「嗯……如果是缺席就算了，羽川同學確實不像會遲到的人，但妳應該不是問這種事情吧？」

「嗯。」

「恕我失禮。」

戰場原同學說著就把臉湊過來，仔細觀察我的皮膚，目不轉睛專注觀察。與其說是觀察我的皮膚，更像是逐一檢查我的眼睛、鼻子、眉毛、嘴脣等各個部位。

她觀察臉部之後捧起我的手，仔細端詳我的指甲與手背血管等等。

「……戰場原同學，妳在做什麼？」

「確認有沒有異狀。」

「真的？」

「至少剛開始是如此。」

「那妳現在在做什麼？」

「一飽眼福。」

我甩掉她的手。

全力甩掉。

戰場原同學發出「啊……」的聲音，露出非常遺憾的表情看我。不，總之我想她是在開玩笑。

戰場原同學意外喜歡開玩笑。

……我希望這是開玩笑。

回想起最近阿良良木所說神原學妹的嗜好，我更加希望這是開玩笑。

「所以怎麼樣？」

「放心，妳的肌膚還能再戰十年。」

「我不是問這個……」

「就我看來沒什麼異狀……而且妳並沒有長出虎耳。」

「居然說虎耳……」

我曾經長過貓耳，這種話可不能隨便說，但因為這個譬喻很逼真，所以我刻意誇張大笑，並且隨手確認頭頂。

沒事。

沒有長。

「不過，並不是遭遇怪異就會立刻出現異狀……考量到潛伏期還不能放心。」

「是啊。」

「羽川同學隔天早上醒來就變成蟲子的可能性，也絕對不是零。」

「我覺得這就太突兀了。」

好歹也要跟虎有關。

我知道妳喜歡卡夫卡的著作。

「但如果是這樣，我覺得找阿良良木商量會比我好。我確實遇過螃蟹怪異，而且也吃盡苦頭，但我對於怪異的應對方式與相關知識，並沒有比別人多。」

「唔，嗯嗯，是沒錯啦……」

她說得對。

即使遇過怪異，也不表示會累積相關經驗。

反倒是越累積越外行。

找戰場原同學商量這種事，也只會造成她的困擾，甚至可能撕開她的舊傷。

「但阿良良木今天似乎請假。」

「啊？」

戰場原同學詫異歪過腦袋。

「記得沒有在開學典禮的隊列看到他……不只是不會察覺他在場，甚至不會察覺他不在場，他的存在感已經稀薄到這種程度了。呵呵。」

她輕聲一笑，令我背脊發涼。

戰場原同學偶爾會展露這一面，阿良良木形容這是她「毒舌時代」的殘渣。

不過她已經在暑假將這種毒素排除殆盡，剛才的說法也明顯是玩笑話。

人是會改變的生物。

她稱得上是一個很好的實例。

「雖然提過不用太擔心出席天數的問題，但我親愛的達令到底怎麼了？」

「不准用達令。」

這也改變太多了。

角色設定會連接不上。

「這麼說來，我今天早上遇見虎之前有看到真宵小妹，從她的說法推測，阿良良木果然在忙某些事情。」

「某些事情嗎……」

戰場原同學像是拿他沒辦法般搖了搖頭。

雖然這種反應有些誇張，卻是「無可奈何」的標準呈現方式。

「照例老毛病又犯了？」

「或許吧，他這個人只看得到眼前的事情。」

「有打電話還是寫郵件問過嗎？」

「唔～我有所顧慮。」

我確實不希望在他「處理事情」的時候麻煩他。如果來到學校有看到阿良良木，我應該會率先找他商量，但如果要打電話或是寫郵件，就會令我卻步。

與其說是客氣，應該說是為他的安全著想。

「這樣啊。」

戰場原同學說著點了點頭。

「羽川同學，我覺得妳的臉皮可以厚一點。」

「厚臉皮？」

「或許要說神經大條一點。無論是任何狀況，他都不會把妳的請求視為麻煩事，妳應該明白這一點吧？」

「唔～這就難說了。」戰場原同學這番話令我困惑。「我或許不太明白。」

「還是說，妳在顧慮我的感受？」

「怎麼可能，不會的。」

「那就好。」

戰場原同學這次是嘆了口氣。

長長的一口氣。

「總之，還沒有確定會發生什麼狀況，過於緊張也不太好。如果造成心理壓力而病倒，就是賠了夫人又折兵；如果造成心理壓力而變成病嬌，也同樣賠了夫人又折兵。然而不只是羽川同學，其他人也有可能會被那隻虎襲擊，那還是只能找阿良良木商量吧？不只是我，包括妳在內，無論對方是老虎還是獅子，我們都沒有力量對抗怪異，妳也和我一樣只有知識卻沒經驗，只會紙上談兵吧？」

「是沒錯……」

這番話聽起來似乎別有含意。

很難判定她是不是故意的。

如果是阿良良木，應該就會看透真相漂亮吐槽。

但我沒有這種技能。

「能夠和怪異交戰的人，只有在影子裡養吸血鬼的阿良良木……雖然神原真的有心應該也行，但我們不應該勉強她。」

「嗯。」

這部分我也略知一二。

記得是……左手臂的繃帶。

這方面不是客氣不客氣的問題，是更加實際的危險問題。即使怪異的部分已經解決，神原學妹依然像是隨身帶著一顆炸彈。

也可以說她自己就是一顆炸彈。

……但要是這麼說，阿良良木也半斤八兩，這也是我不打電話找他的原因之一。

我自己如此認為。

然而我明白，並不是基於這種理由。

到最後，還是戰場原同學說的對。

我沒辦法對阿良良木厚臉皮。

箇中理由，肯定明確得令人無言以對——

「羽川同學，妳有向阿良良木說過『救救我』嗎？」

「啊？」

唐突的詢問使我回過神來。

「什麼？『救救我』？……這個嘛，日常對話不太會用到這三個字……我想我應該沒說過。」

「這樣啊，我也沒有。」

戰場原說完仰望天空。

「因為他會在我們求救之前就出手搭救，還會講『人只能自己救自己』這種似曾聽過的話。」

不是似曾聽過，而是真的聽過。這是忍野先生經常掛在嘴邊的臺詞。

「不只是螃蟹，我想想，包括神原、貝木，還有其他各方面的事，他表面上與私底下都幫我很多。不過，即使不講就能得到他的協助，我認為也不能什麼都不講。」

「嗯？什麼意思？」

「沒有啦，我只是覺得，羽川同學或許是期待阿良良木在妳還沒講之前就出手協助。」

「……啊啊。」

唔～……

我看起來像是這樣嗎？

不過聽她這麼說，我也沒辦法全盤否認，這是悲哀的事實。

沒有主動靠近他人，而是被動等待他人靠近？

這樣的自己——我無法斷言不存在。

我心裡有一個黑色的我。

因為在我心裡，所以比任何人都接近我。

「我覺得妳可以率直找他幫忙，他總是期望妳能這麼做。要是妳在黃金週那時候能夠這麼做……」

戰場原同學說到一半，就沒有繼續說下去。

她或許覺得，即使只說一半也已經說過頭了。

但她沒有道歉，只是尷尬不再說下去。要是她道歉，我也會很困擾。

她沒道理道歉。

「該回教室了吧？」

我如此說著。

並不是要讓尷尬的她有一個臺階下，依照手錶顯示的時間真的該回去了，甚至得用跑的爬樓梯才行。

「也對。」

戰場原同學點了點頭。

「我沒有勉強妳的意思，但如果發生什麼事，不可以只想靠自己解決，妳很容易有這方面的傾向……如果不願意造成阿良良木的困擾，雖然我無能為力，不過請妳把我牽扯進來。我想想，至少我可以陪妳一起死。」

戰場原同學隨口說出天大的事情，然後朝校舍踏出腳步。雖說已經改頭換面，不過該怎麼形容呢，她這種堅毅無比的個性依然存在。

坦白說，戰場原同學與其說是改頭換面，其實就只是變可愛了。

在阿良良木面前尤其明顯。

但是阿良良木只知道戰場原同學在他面前的模樣，或許還要花點時間才會察覺。

不然由我來告訴他吧？

我這麼想。

後來我們一起回到教室。原本擔心可能已經在開班會了，但是並沒有。

不，擔任班導的保科老師已經在教室了。

所以原本應該正在開班會才對，然而包括保科老師在內，班上所有人都聚集在靠操場的窗邊，沒有人坐在位子上，這根本稱不上在開班會。

怎麼回事？

他們在看什麼？

「啊……」

此時，我身旁的戰場原同學輕呼一聲。

她身高比我高很多，所以先察覺到了「那個狀況」。嚴格來說，在她知道大家正在看某個東西時，就已經脫鞋站在旁邊的椅子上了。

她在這部分和外表不同，是意外活潑的女孩。

我沒有這個膽量，所以就只是走向大家，鑽過人群的縫隙看向窗外。

我很快就明白大家在看什麼了。

「……失火了。」

我不由得愣在原地。

我很少在那個家外面自言自語，但我說出來了。

相距甚遠，從這裡看過去只有豆子大的那個地方，卻冒出熊熊燃燒的烈焰，彷彿聽得見火焰的轟聲。

我說出來了。

「我家失火了。」

那個家是我的家——我說出來了。

006

我直到剛才都不知道兩件事。

首先，明明至今有很多機會站在窗邊眺望，我卻不知道從自己每日勤勉向學的教室窗戶，看得見我所居住的那個家。

為什麼沒有察覺？

為什麼沒看到？

那個家當然有映入我的眼簾，我的意識卻沒有認知到那個家。簡單來說，就是和

「遭遇怪異就會受到怪異的吸引」相反的道理。

我想，我早就把那個家排除在我的意識之外了。

至於另一件我不知道的事情，則是那個家失火令我受到的打擊超乎想像——我啞口無言。

足以令我腦子一片空白。

受到強烈的衝擊。

阿良良木在這方面似乎有所誤會，但我不是那麼成材的人，擁有普通人程度的破壞衝動。他即使經歷黃金週的惡夢，依然對我的人性信賴過度——不，或許他只是視而不見——但我曾經好幾次許下「那種家還是消失算了」這樣的願望。

但我沒想到真的會消失。

沒想到那個家消失，會令我產生如此強烈的失落感。

並不是產生了感情。

何況我不想把那裡當成自己家。雖然剛才不小心說那裡是「我家」，但那只是一時之間脫口而出的話語。

但我對那裡的情感，足以令我脫口說出這種話，這也是無可撼動的事實。

是好事？

這個答案令我猶豫。

對，這是事實。

所以是壞事？

兩種方式都說得通，但是無論如何，事到如今為時已晚。

因為，消失了。

我居住十五年的那個家，永遠不存在了。

我不顧自己今天遲到的處境，向保科老師申請早退，並且理所當然立刻獲准。雖然沒辦法像神原學妹那麼快，但我盡快跑回那個家，目睹消防車與群眾團團圍住現場，此時火勢已經撲滅了。

火焰已經熄滅。

什麼都沒有了。

雖然沒有延燒到鄰宅，卻全毀到一根柱子都不剩。

這是在申請火災保險金時非常有利的要素，或許稱得上是本次事件的救贖之一。

說來卑鄙，不過這是最重要的事情。

啊，不對不對。

最重要的事情，當然是確定無人喪生。這一點完全不用擔心，因為我已經出門上學，我應該稱為父母的「另外兩人」也幾乎不會在中午之前返回住家。

因為家裡的三名成員，都沒有把這裡當成家。

只是住家，不是家。

但是倫巴應該葬身火窟了。我哀悼著每天早上勤快叫醒我的自動掃地機。

比這個家更令我哀悼。

除了倫巴，還有各種東西被燒掉，應該說一切付之一炬，不過我終究只是一名高中生，原本就沒什麼重要物品，不會因此而感到困擾。

真要說的話，我的困擾就是衣物被燒光了。

不，這一點或許也能套用在我應該稱為父親的人，以及我應該稱為母親的人——那兩個人也不會把重要物品放在住家裡。

重要物品應該都放在職場。

我如此心想。

那個家，不會令我們想把重要物品放在裡面。

感覺會被弄髒。

總之無論如何，這些盡是我不知道的事，有很多事是這個家燒掉才首次察覺。

雖然我並沒有當面見過本人，不過這或許就是那位騙徒——貝木泥舟先生所說的「應該在這次事件得到的教訓」吧？

我不明白。

我不懂。

先不提我是否明白這一點，唯一能肯定的是——我將會流落街頭。

雖然稱不上喜歡，假日也會因為待不住，即使沒事依然出門打發時間，不過有這個能夠睡覺的地方，還是非常令我心存感激。無論如何，這個事件使得羽川家久違的進行家族對話了。

對話？

不，即使是我也想像得到，一般家庭不會把這種行為稱為「對話」。

我們的這種行為，稱不上是「家庭會議」。

只是交換意見，並非交流。

住家付之一炬，理所當然會衍生出各種繁瑣的程序——目前連失火原因都完全不明，而且也可能是蓄意縱火，所以很恐怖——這是長期問題，還是孩子的我無能為力，所以這天的對話主題是當前的問題，也就是「今晚睡哪裡」。

羽川家沒有能夠就近協助的親戚，所以這個問題當然沒有議論的餘地，只能住進離家最近的旅館。不過對於羽川家來說，這才是問題。

這是最大的問題，也可以說是唯一的問題。

我們很久沒有同房就寢了。

睡走廊的我當然不用說，他們那對夫妻也是分房睡，住旅館得花不少錢，而且總不能訂兩三個房間分開住……

「我不要緊，可以暫時借住朋友家。」

我在議題陷入僵局之前如此發言。

如此宣言。

「難得有這個機會，爸媽就享受一下無人打擾的夫妻生活吧。」

這不是客套話而是真心話，我明白這是我內心不像普通人的恐怖一面。我在黃金週已經親身體會到，這是我遭到詬病的地方。

我不想和這兩人在相同的房間起居。

自己明明有如此明確的想法，卻把這份想法的優先順位排在最後，這種做法極為不自然。

我明白。

我把這場火災當成難得的機會。有這種想法的我，在人類之間非常罕見。

阿良良木與忍野先生曾經如此告訴我。

教訓。

只不過我沒有活用這樣的教訓，直到現在——但我無論如何都希望那兩人能夠恢復為應有的關係。

不禁如此希望。

那兩人原本打算在我成年之後立刻離婚，我希望這次能成為最後的機會。

我如此心想。

重建全毀的住家，包含各種程序大約要好幾個月，如果找到租屋處之前的這幾個星期，能夠成為分房十五年的兩人共度的時光，或許會造成某些變化。

我如此心想。

不禁如此心想。

想要如此心想。

那兩人一口答應了。

對於想要到處找朋友家借住的我，他們絲毫沒有阻止，反而明顯樂於聽見我主動如此提議。

不過，理應如此。

比起三人共處，兩人共處實在好太多了。既然能夠扔掉拖油瓶，他們或許挺感謝這場火災。

看到他們如此表達喜悅，我也不禁感到開心。

這樣的我，差不多算是瘋了。

007

不過，這下子傷腦筋了。

不，我打從一開始就感到困擾，但現在最令我困擾的問題，在於我沒有朋友能夠暫時提供地方讓我住。

我有朋友。

我的個性有些難處，所以朋友絕對不算多，但我自認在校園生活中，有建立起一般學生該有的人際關係。

這麼說來，阿良良木經常以自虐……應該是自豪的語氣說他朋友很少，不過只有這一點，我可以證明他沒有造假。

他沒有朋友，絕不誇張。

應該說，他長期以來都刻意擺出避免交到朋友的態度。依照他的說法，交朋友會降低人類強度。

他真心這麼認為，並且真心這麼說。

雖然他似乎已經放棄這項主張，不過依然在大好評復健中，我從來沒看過他在班上和其他男生說話。

應該說，我沒看過他和戰場原同學以外的人說話。

如同戰場原同學曾經被稱為「深閨大小姐」，他如今被稱為「不動之沉默者」，不曉得他是否知道這件事。

總之，和這樣的阿良良木相比，我是有朋友的人。

而且相處得很好。

不過仔細想想，我不曾住過朋友家。

換句話說，我完全沒有「外宿」的經驗。唔～……

重新思考，就發現我想不出所以然。

我非常討厭待在那個家，即使如此，卻也未曾真正「離家出走」。

如果是阿良良木，或許會說「因為妳是優等生吧？」這種話，而且實際上或許如此，不過在這方面，反倒是戰場原同學的意見比較正確也不一定。

換句話說……

「曾經說過『救救我』嗎？」

就是這樣。

對象不限於阿良良木，我或許沒辦法向自己以外的任何人求救，我不想把事情最關鍵的部分交由他人做決定。

不想放開主導權。

希望由自己定義自己的人生。

所以我——成為了貓。

成為了怪異。

成為了我。

「總之，不要緊的，幸好我有備案。」

為了激勵自己，我說出這種不算自言自語的話語踏出腳步。手邊的東西只有帶著上學的書包。今天是新學期第一天的開學典禮，書包裡只有文具與筆記本，沒有放什麼重要物品，不過現在這是我唯一的私物。

所有財產只有一個書包，感覺像是《清秀佳人》安妮·雪莉剛登場的樣子。既然我多少抱持著享受現狀的輕率心態，代表我果然不是一派正經的老古板。

我的備案不用說，當然就是那間補習班廢墟。

之前正常經營的時候，叫做「叡考塾」。

這裡是忍野先生與小忍住了三個月左右的地方，阿良良木春假期間也住在這裡，所以即使看起來再怎麼荒廢，裡頭的設備肯定足以讓一個人過夜。

這是我的計畫。

至少只要有地板與天花板，我就很感激了。

徒步走過去很遠，但為了今後著想必須節儉，所以我沒搭公車。

以前忍野先生有架設結界，使得那裡不是想去就去得了的地方，但現在結界已經取消了。

只要照著路線前進，自然而然就走得到。

內部當然沒有電，得趁著天黑之前準備床鋪。

忍野先生與阿良良木，好像是以桌椅拼湊床鋪？

那我也如法炮製吧。

我鑽過圍欄，進入廢墟，沿著階梯走上四樓。之所以選擇四樓，是因為阿良良木曾經告訴我，忍野先生大多在四樓作息。

換句話說，依照前任居民的生活模式，我想像四樓環境應該比其他樓層舒適，但我的期待完全落空。

與其說期待落空，不如說徒勞無功。

我來到四樓進入的第一間教室，天花板開了一個大洞。

第二間教室，地板開了一個大洞。

沒有地板與天花板……

最後一間教室，則是凌亂得宛如受過野獸肆虐。該怎麼形容，就像是阿良良木與真宵小妹為所欲為盡情大鬧之後的光景。

我有點後悔自己太早下定論了。

這裡應該沒有荒廢到這種程度才對……

其實我宣言要到處借住朋友家的時候，這座廢墟就已經列入我的備案，但這裡的環境或許比我想像的還要嚴苛。

我強顏歡笑，努力振奮心情，往下來到三樓——在三樓進入的第一間教室，天花板與地板各開了一個大洞。

天花板的洞，似乎和剛才在四樓那間地板破洞的教室相連。說真的，到底發生過什麼事？從洞緣的顏色來看，似乎是最近破壞而成的……

如果這是自然塌陷造成的洞，這裡的抗震結構就相當令我擔憂了。

我忐忑不安繼續進行檢視，終於找到一間天花板、地板與牆壁都維持正常模樣的教室。

即使如此，現在要鬆一口氣還太早了，我立刻著手打造床鋪。感覺這樣像是童軍的野營活動，但我當然沒參加過童軍。

知識只是知識，不是經驗。

這一點也如戰場原同學所說。

我不斷累積知識，另一方面也像是累積著毫無意義的事物。

實際上，明明只是以繩子拼湊現成的桌子當成床鋪，這項工程卻不輕鬆，首先我沒有用來固定的繩子，只得離開廢墟跑一趟附近的商店購物。

「好，完成了。忍野先生的床鋪會多用一張桌子，但我沒有忍野先生那麼高，所以這個尺寸已經夠用了。」

雖說如此，製作物品很有趣。

完成的床鋪看起來挺不錯的。躍躍欲試的我，忍不住就這麼穿著制服試躺。

「唔哇……」

這樣不行。

由於抱持著高度期待，受到的精神打擊也很大。

真的不行。

我打從心底沮喪。

這樣跟睡在地板沒有兩樣。

硬邦邦的。

我覺得對照組很重要，所以接下來實際試躺地板，結論是果然沒什麼差別。

不對，因為桌子拼成的床有縫隙，反而更加難睡。

忍野先生值得畏懼。

他肯定連躺在針氈都能睡。

我試著思考阿良良木與小忍當時是怎麼睡的，不過這麼說來，小忍原本是吸血鬼，阿良良木住在這裡的那段時間也化為吸血鬼，所以無法當作參考。

吸血鬼舒服睡在狹窄棺材裡的感覺，我完全不能想像。

「被褥，需要被褥……」

我說著再度走出廢墟。

我有帶著錢包，裡頭也有現金卡，並不是無法購物。

除了尼龍繩，我原本就還需要各種生活用品，所以我不認為購物是麻煩事。不過現在的我連公車錢都得省，當然不可能買得起溫暖的羽毛被，得想辦法找其他東西替代。

這麼說來，我曾經在某本書看過，報紙、雜誌與紙箱是非常實惠的取暖物品，紙箱應該可以到購物中心免費索取。

考量到必須購買的物品分量不少，回程大概非得搭公車才行，這部分就乾脆一點別再矜持吧，連必要開銷都錙銖必較不是好事。

人窮志短。

真美麗的成語。

不過正因如此，去程必須徒步。

我緩緩前進。

踩穩腳步，步步前進。

易於保存的食物以及飲用水，這是必備品。床墊我決定使用紙箱的紙板，用來蓋的被子不是雜誌而是報紙。如果使用雜誌就非得撕書頁，但我做不到。即使是雜誌，撕書依然令我心生抵抗，而且報紙只要攤開就行。

再來是衣服。

不能就這樣穿著制服睡覺。阿良良木最近似乎開始認為我連一套便服都沒有，不過當然沒有這回事。

那兩人沒有對我做過父母該做的事情，但也沒有棄養。

有為我做最底限的事情。

宛如履行義務。

所以至少還是有買衣服給我，只是我不太想穿。

不過這一切也已經燒光了。

一把火燒得乾乾淨淨。

有種全部重設的感覺。

沒錯，雖然這種念頭很輕率，但我無法否認自己有種灑脫的感覺。

只不過，這種灑脫是自欺欺人。

重設的程序，沒有進行。

現狀真的只是暫時避難。

即使失去，也無法當成未曾存在。

在購物中心裡的量販店逛了一圈，發現衣服貴得令我意外。雖然得搭電車，但要不要去優衣庫呢……在我開始冒出這種念頭時，不經意看見隔壁的百圓商店。

我抱持著某種想法過去看看，正如我的預料，果然有。睡衣（款式的運動服）終究沒有下殺到百圓一套，不過有在賣百圓內衣，令我心懷感激。

我毫不猶豫進行採購，完成購物行程。

不過，終究不能被阿良良木看到我穿百圓商店的內衣吧……我思考著這種傻事，按照預定搭公車回到補習班廢墟。

從忍野先生身上完全感受不到日常生活的氣息，但他不是吸血鬼而是人類，所以那三個月應該還是有花費心思在生活層面，我莫名對此感到佩服。

我在三樓教室開始強化床鋪。以美工刀切紙箱，捆兩層膠帶固定在桌面。或許有人會認為「即使再怎麼加工終究只是紙箱」，不過躺起來的感覺完全不一樣。我為求謹慎又加貼一層紙板，床鋪至此宣告完工。

至今的工程令我頗感疲累，所以我決定用餐。

都是即食的保存食品，所以不用調理。

「我要開動了。」

我當然沒有忘記說這句話。

即使是保存食品，追根究柢依然有犧牲某些生命，肯定如此。

所以必須心存感激。

不，即使不是生物，既然會成為我的血肉，就要心存感激食用。

生命可貴。

即使已經失去。

不過老是吃這種東西終究很乏味，或許改天得去買卡式爐與鍋子。現在只是暫住到那兩人找到租賃的房子，但他們事業繁忙，或許我會住在這裡好一陣子。

「衛浴使用學校的設備就好……手機如果真的找不到地方充電，也可以借用學校的電，唸書可以去圖書室或圖書館，此外有問題的還有……」

我列舉可能會出現的問題逐一檢討，所有問題都很快就找到應對方法。

與其說我是擔憂今後的生活問題而擬定對策，不如說我是藉由這種方式，努力確認自己不會因為那個家燒掉而遇到問題。

就像是以這種方式得出合理的邏輯，解決內心的矛盾。

我覺得實在很像我的作風。

「我吃飽了。」

現在依然處於盛夏季節，日落的時間比較晚，不過回過神來已經伸手不見五指，所以我換上百圓商店購買的睡衣，換穿新的內衣，爬上剛完成的床鋪就寢。

終究稱不上是好睡的床。

即使如此，我莫名覺得比起那個家的走廊，我可以在這裡睡得更加香甜。

009

嗯？

是不是少了一個章節？

我多心了嗎？

算了。

如果倫巴來到這座廢墟，打掃起來肯定很有成就感，不過很遺憾，它已經跟著那個家一起燒掉了，所以我今後也沒辦法在它的協助之下起床。

雖說如此，我深信自己肯定能夠一如往常，在同樣的時間醒來。

人類擁有一種叫做生理時鐘的東西。

深刻在體內的生物韻律，不會因為一些小事就亂了節奏。

何況我是個不曉得睡迷糊為何物的人——我如此心想，但現實並非如此。

不是睡過頭。

我反倒是在預定時間之前就醒來了。而且不是自然醒，是被叫醒的。

倫巴離世的現在，明明不可能有人會叫我起床……

「羽川同學！」

此時，我的身體被拉起來了。

所謂的睡迷糊，應該就是這種無法置信的光景映入眼簾的狀態吧。我等待內心的意識追上知覺，並且悠哉想著這種事。

我看著面前抓起我胸口衣領的戰場原同學，悠哉想著這種事。

「還好嗎？還活著嗎？」

「呃，咦？咦咦？早安？」

我一頭霧水進行起床的問候。真的好久沒進行這種問候了。

而且感到疑惑。

因為總是冷酷的戰場原同學，居然滿臉通紅淚如雨下直視著我。

「沒事嗎？」

戰場原同學再度詢問。

「唔，嗯。」

我不知道她到底在擔心什麼事，就這樣懾於她的氣勢點了點頭。

「…………！」

聽到這句話，戰場原同學終於放開我的衣領，咬脣像是阻止自己放聲大哭。

「笨蛋！」

接著，她賞了我一個耳光。

我被她拉起來，並且被她打了。

如果想躲或許躲得掉，但她咄咄逼人的樣子，令我只能任憑她賞我耳光。

不，我應該還是躲不掉。

臉頰緩緩傳來熱度。

「笨蛋！笨蛋！笨蛋！」

不只一次，戰場原同學接著繼續打我，途中她的手再也攤不平，變成像是在鬧彆扭的孩子，握拳連搥我的胸口。

完全不會痛。

可是好痛。

「一……一個女孩子！居然獨自一個人！睡、睡在這種地方……！要是發生什麼三長兩短怎麼辦！」

「……對不起。」

我道歉了。

不對，應該說我被迫道歉了。因為我對於自己所做的事情，也就是這種類似童軍野營的活動，只當成在做一件頗為有趣的事情，完全沒有想要反省。

即使如此，我還是害得戰場原同學，害得那樣的戰場原同學為我如此擔心，只有這一點肯定沒錯。

即使這種心態很輕率，我依然頗為高興。

感到高興。

「不行，我不原諒，我絕對不原諒。」

戰場原同學說完之後，像是依偎、像是緊抓、像是哀求般抱住我。

宛如再也不放開我。

「我不原諒。就算妳道歉也絕對不原諒。」

「嗯……明白了，我明白了。對不起。對不起。」

即使如此，我依然反覆將道歉的話語掛在嘴邊。

我也緊抱住戰場原同學，不斷向她道歉。

後來戰場原同學哭了三十分鐘左右，剛好是我平常的起床時間。

010

「我從昨晚就一直打電話給妳。」

後來戰場原同學若無其事恢復為原本的冰山美人如此說著，切換的速度快到值得驚嘆，但她通紅的眼眶依然通紅，終究是少了一點正經的感覺。

相對來說，我的頭髮似乎翹得很嚴重（被形容成超級羽川人），果然是床鋪的問題吧，因此我也沒有正經感可言，和戰場原同學差不了多少。

不過戰場原同學如今完全展現出平常的風格，剛才的號啕大哭簡直像是假哭，我還是覺得她在這方面很厲害。

率直覺得她好可愛。

甚至令我不在乎自己亂翹的頭髮。

「我完全無法想像家裡失火會是怎樣的心情……也覺得這種時候或許不會想跟別人講話，所以一直避免打電話，但我還是好擔心，才下定決心『不管了，就打吧！』並且打電話，可是完全接不通。」

「啊，抱歉，我關機了。」我如此說著。「考量到今後的野戰生活，我覺得盡量節儉比較好。」

我之所以沒有用手機代替鬧鐘，除了相信自己的生理時鐘，當然也包含這個實際的理由。

而且我不認為學校會准許我使用插座（向老師說明原因應該就能借用，不過校內基本上禁止使用手機）。

「真是的，妳就是這麼正經八百……隨便借用附近的插座不就好了？」

「這樣就是偷電了。」

「託福我跑遍整個城鎮，向好多人打聽消息，才知道羽川同學似乎要借住朋友家，但我沒問到班上哪個同學要讓羽川同學借住。」

「妳，妳問了多少人？」

「通訊錄所有人。」

「…………」

超越怕生的界限，達到「不信任人類」這個極致的戰場原同學，如今成長了。

但是她的成長，也使得我下落不明的消息傳遍全班……

我不知道該如何形容。

「而且，對不起，我也見到羽川同學的父母了。」

「咦？」

我嚇了一跳。

換句話說，她造訪過那些人下榻的旅館。

其實只要持之以恆循線調查肯定找得到……畢竟並沒有藏匿行蹤，也可以用信件包裹來調查。

戰場原同學肯定是認定我也在那間旅館，認定我就在那間旅館才會造訪。

「這樣啊，原來戰場原同學已經見過我的爸爸……與媽媽了。」

「不應該用爸爸媽媽稱呼那種人吧？」

戰場原同學滿不在乎如此說著。

完全不在乎。

似乎不太高興。

以前的她，完全無法從表情看出她的想法，但最近會讓情緒顯露在臉上了。

包含高興的情緒，悲傷的情緒。

以及憤怒的情緒。

……她遭受到的對待可想而知。

那兩個人要是多做點表面工夫該有多好──他們在黃金週對待忍野先生的態度似乎也很惡劣──不過在這個場面講不出好話的我沒資格這麼說。

我無法幫他們說情。

「看來似乎有不少隱情，我不會深究就是了。」

她和阿良良木不一樣，幾乎不知道我這個家庭的狀況，不知道羽川家的不和與扭曲，但她似乎不打算追問，三兩下就回到原本的話題。

手腕實在高明。

甚至令我憧憬。

「後來我沒頭沒腦到處找，終於在今天早上想到這裡。不，我從一開始就有想到這裡，但我不願意想像妙齡少女會在這種廢墟過夜……想說不可能這樣，想說怎麼可能會是這樣，所以到最後才來這裡找。」

「嗯。唔？那麼戰場原同學，難道妳徹夜找我？」

「不用懷疑，我戰場原同學就是徹夜在找。連貫徹夜，簡稱貫徹。所以情緒才會激動過頭，在找到羽川同學的時候掉眼淚。」

戰場原同學如此說著，真可愛的藉口。

順帶一提，日文的正確說法應該是完全徹夜，簡稱完徹。

「……但我覺得妙齡少女在深夜街頭徘徊也相當危險。」

「妳這麼說我也無從反駁，因為我做事總是不顧一切。」

戰場原同學如此回答。

仔細一看，她身穿牛仔褲與T恤，是非常輕便的打扮，而且汗水溼透全身，與其說她直到剛才都是漫步徘徊，更像是以神原學妹的速度四處奔走。她就是給我這樣的感覺。

「謝謝。」

我儘可能以隨口提及的語氣簡短道謝，然後下床。

身體沒有痠痛。

阿良良木再怎麼形容，我都不認為自己是個優秀的人，不過我似乎有打造床鋪的才華。

將來當個打造床鋪的專家好了。我如此心想。

這方面應該是去德國進修吧？

「別在意，我是自願這麼做的，而且看來我是白操心了。」

「沒那回事。如今聽妳這麼說，我總算明白自己做的事情多危險了。俗話說火會令人瘋狂，我似乎也因為火災變得有點失常了。」

「是嗎？我反倒希望如此……因為羽川同學即使在平常的狀況，也會做出非常危險的行動。」

「是嗎？」

「比方說誘惑阿良良木。」

「唔……」

我輕呼一聲。

難以反駁。

我難以反駁自己沒有誘惑他。

是我讓他變成現在這個樣子。這個說法在世間意外受到認同。

「阿良良木和我剛認識的時候真的很冷酷……但現在完全沒有昔日的影子了。」

「是因為……我嗎？」

「畢竟現在要處理虎的事情……無論如何，我確實擔心過度，居然會慌成那樣，對不起。好啦，那我們出發吧。」

「妳說出發，是要去哪裡？學校？」

「我家。」戰場原同學宛如理所當然如此說著。「我先把話說在前面，羽川同學，即使妳想抵抗，我也要帶妳走，甚至不惜把釘書機插到妳嘴裡，或是往妳的後頸打下去。」

「……………」

她講得像是真的對阿良良木做過這種事，我當然不可能違抗這道命令。

011

雖然聽本人說過，不過戰場原同學居住的公寓——民倉莊，外觀看起來非常誇張，令人懷疑是二戰之前的建築物，完全就是古色古香。

阿良良木曾經說，這裡以抗震結構而言比廢墟還危險，雖然他說過這種過分的感想（我認為他是擔心戰場原同學才這麼說），不過沿著戶外的階梯往上走，就會發現並不是他說的那樣，整體構造相當穩固。

比起最近速成的建築物，或許老房子堅固得多。

而且安全程度也天差地遠。

門居然可以上鎖！

……像這樣來到真正的住家一看，我就體認到那座廢墟多麼危險。

Dangerous。

「爸爸今天忙工作不會回來，所以羽川同學，今天住這裡吧。」

「咦……可以嗎？」

「跟妳說喔，其實……我爸媽，今天不會回來。」

「為什麼要用戀愛喜劇的風格再講一次？」

無論是改頭換面之前還是之後，戰場原同學的幽默感都難以言喻。

二〇一號室。

我脫鞋入內叨擾。

原來真的沒有走廊。

裡面是一間三坪大的整潔套房。傢俱只有書櫃與衣櫃，大概是配合房間大小而盡量避免增加物品，不過戰場原同學應該原本就不喜歡有太多家當，她的父親肯定也是如此。

「雖然現在是這樣，但我以前也住過豪宅……當時的我隨便都能咚～的一聲借妳一個房間住，不過現在頂多只能這樣。」

「不要用魯邦的語氣說話。」

「之前舉辦魯邦精品抽獎的時候，我很想要魯邦車模型，跑遍附近的便利商店總共花了九萬圓，妳對這樣的我有何感想？」

「我覺得妳運氣太差了。」

我席地而坐，轉頭環視室內。

「感覺心情變得好平穩。」

「是嗎？不過阿良良木總是說這裡令他不自在。」

「不可能有男生到女生家裡還能泰然自若吧？不過，我覺得這裡很棒。」

我沒能整理思緒，直接把想法說出口。

「就像是自己家。」

「這樣啊？」

戰場原同學露出不明就裡的表情。

她應該不明白是怎麼回事吧。

這是當然的，因為我也不明白。

就只是脫口而出。

如同自言自語。

到頭來，「自己家」是什麼意思？燒毀的羽川家，確實是我住了十五年的屋子，以定義層面當然不用說，即使據理議論，那裡也是我的「自己家」，如同我看到屋子失火時脫口而出的那句話，那裡是「我的家」。

然而，這間民倉莊的二〇一號室，為什麼會比那條走廊更令我平靜，令我心安？

「至少我不覺得這裡是自己家，畢竟搬來這裡還沒有多久。」戰場原同學如此說著。「不過，之前的家已經沒了。」

「…………」

我差點忘了。

戰場原同學以前所住的家，真的是稱為豪宅也不為過，在當地頗有名氣的那個家，如今已經成為空地了。

不，並不是空地，記得是……道路。

這會是什麼感覺？

以我的狀況，雖然距離很遠，還是有清楚目擊住家燒掉的模樣。自己住過的家在不知不覺的時候消失，會是什麼感覺？

無從知曉。

這也無從知曉。

因為無從知曉，我放棄思考。

是的。

我不再在意了。

不在意安不安心的事情。

「羽川同學，今天請假別上學吧。」

戰場原同學脫掉滿是汗水的T恤如此說著。

慢著，雖然都是女生，但她脫衣服的動作非常俐落。

甚至令我憧憬。

「我也會請假。」

「啊？」

「終究是睏了。」

仔細一看，戰場原同學的眼神有些恍惚。

「如果是現在，我願意任憑棉被處置。」

「…………」

好誇張的形容方式。

「我雖然待過田徑社，但空窗期實在太久，下半身已經撐不住了。羽川同學也一樣，雖然床鋪打造得不錯，但妳不可能在那種地方睡得好吧？」

「呃，話是這麼說沒錯啦……」

「何況頭髮翹得好誇張。」

「不要講頭髮的事情。」

我慌張面向戰場原同學。

「可是，今天才第二學期的第二天，不應該請假吧？」

「家裡發生火災的學生，卻在隔天一如往常充滿活力開朗上學，這樣才叫做不正常吧？妳就是這樣才被說成違背世間常理。」

戰場原同學連牛仔褲都脫了，只穿著內衣朝我嚴肅說著。

一副堅持不肯讓步的模樣。

雖然只穿著內衣，卻威勇得無人能及。

情色成分也缺乏到無人能及。

「何況妳沒有升學的打算吧？既然這樣，就不用太擔心出席天數，或是成績考核表之類的問題吧？」

「話是這麼說沒錯……」

不過，有規則。

我想遵守規則。

因為是規則。

「總之給我請假。如果無論如何都要上學，就得先打倒我。」

戰場原同學說著擺出中國拳法的架式。

完美到無謂程度的螳螂拳。

「鏘鏘～！」

「不要自己配音效……明白了明白了，今天我就聽戰場原同學的話吧，老實說，我也很想好好休息一下，很高興妳強迫我這麼做。」

「那就好，畢竟我不太適合像這樣多管閒事……」

戰場原同學害羞說出這番話，但我覺得這很像戰場原同學會有的作風。

「啊，不過戰場原同學請假不要緊嗎？」

「我？也對，我打算以保送方式申請大學，先不提出席天數，成績考核表的部分……唔～這樣好了。」

戰場原同學瞬間露出思索的模樣，接著立刻取出手機。我還在猜她要打電話給誰，戰場原同學就捏著鼻子裝出沙啞的聲音。

「咳，咳咳，啊，保科先生嗎？我是戰……咳咳，戰場原。我，我好像得了不合時節的新流感……可能是最新型。咳咳，是的，體溫？您說體溫嗎？是的，基本上是四十二度，剛才冷氣被我的體溫燒壞了，今年的酷暑應該可以認定是我造成的，我已經能用汗水游泳了，全身痛到像是要裂開……雖然應該會傳染給全班同學，但我可以去上學嗎？不行？這樣啊，我明白了，真遺憾，我真的很想上老師的課，那就這樣囉～」

她說完之後結束通話。

「這樣就好了。」

然後她面不改色這麼說。

並不好。一點都不好。

「居然說新流感……明明不用刻意撒這種謊，說感冒不就好了？」

「謊說得越大越不容易被拆穿。放心，我有一位長年照顧我的主治醫生，我會請他幫忙偽造病歷。」

「醫生不可能會幫忙吧？」

什麼樣的醫生會不惜賠上醫生執照協助高中女生蹺課？

戰場原同學明明擅長騙人，卻不太會說謊。

「話說戰場原同學，差不多該穿上衣服了吧？妳一直只穿著內衣，終究令我有點尷尬。」

「啊？可是我正打算洗澡……」

「啊，原來如此。」

「羽川同學也要洗吧？」

「啊，嗯，要借用妳家浴室了。」

聽她這麼說，我才發現全身髒兮兮的。

睡著的時候似乎流了不少汗，百圓商店買來的內衣好像也相當不妙。

何況尺寸不太合。

「戰場原同學，理所當然請妳先洗吧。」

「居然講得這麼見外，一起洗吧。」

我如此催促之後，被她邀約了。

而且是以非常漂亮的笑容邀約。

這是一張宛如太陽公公的笑容，應該連阿良良木也沒有看過。

「同樣是女生，沒什麼好害羞的吧？」

「不，等一下，不不不，要等好多下。我感覺到一股詭異的氣氛。」

「真是的，我怎麼可能別有居心，還是說羽川同學不肯相信朋友？」

「在這種場面講這種話的朋友，或許不太能相信……」

「別誤會，我和神原不一樣。」戰場原同學以正經的表情說話。「我只是想看羽川同學的裸體，不會更進一步。」

「…………」

戰場原同學新的角色設定逐漸成型。

我之前也有聽說過神原學妹的嗜好，不過聖殿組合的交情，或許出乎意料不是由神原學妹單方面成立的。

「羽川同學，求求妳，請和我一起洗澡！」

她雙手合十如此懇求。

戰場原同學新的角色設定太先進了。

應該沒人跟得上。

「只要我和羽川同學聯手，肯定可以打倒千石小妹！」

「依照設定，妳應該還不認識她吧……？」

上帝視角的發言出現了。

我得小心才行。

得和戰場原同學一樣小心才行。

「……算了，同樣是女生，確實沒什麼好排斥的。」

「哎呀，居然答應了，真意外。」

戰場原同學回歸本色。

說真的，她那番話認真到什麼程度？

太難理解了。

「雖然是我主動邀約，但我原本覺得以羽川同學的個性，即使是朋友，也有一條絕對禁止跨越的界線。」

「啊哈哈，是怎樣的界線？比方說某些人不會讓任何人進房間，某些人不會和任何人在校外玩，類似這樣的界線？」

「對。」

「我不否認。」

我確實有這一面。

明明會大步跨越對方界線，卻不願意被對方跨越界線，或許可以如此形容吧。我認為這正是我和阿良良木之間的關係。

所以才演變成那樣的結果。

「不過，既然對方是曾經哭著打我的女生，事到如今保持距離也不像樣吧？」

「唔……」

戰場原同學臉紅了。

她噘著嘴，一副鬧彆扭的樣子。

之前總是面無表情的戰場原同學也很迷人，但表情豐富的戰場原同學更加迷人。

我甚至想主動請她和我一起洗澡。這麼說終究太過分了嗎？

「啊……」

就在這個時候，戰場原同學握在手中的手機響了。原本以為是保科老師覺得事有蹊蹺回電詢問，但似乎不是如此。

何況這是收到電子郵件的聲音。

「誰寄的？」

「阿良良木。嗯嗯，以內容來看，羽川同學的手機應該有收到相同的郵件。」

「啊？」

「確認一下吧？可以用那邊的插座。放心，我不會向妳收電費。」

「加上後面那句話，聽起來反而像是錙銖必較……」

聽她這麼說，我從書包取出手機開機，沒有等待系統自動收件，直接審視未讀取的郵件。

未讀取郵件——九百七十五封。

「啊，前面那些都是我擔心妳所發的郵件，不用在意。」

「一個晚上就寄了九百七十五封？」

收件匣的郵件大部分都被擠掉，從記憶體裡消失。

這是我的錯嗎？

終究應該要求她道歉吧？

我如此心想，並且趕緊審視最新收到的郵件，寄件人確實是阿良良木。

『暫時不會回來，不用單心握』

這封郵件沒有主旨，沒有署名，要形容成簡潔明瞭也太貧乏了。不只如此，連「擔心」的選詞都省略，「我」也沒有選對發音打成「握」，而且像是處於緊急狀況無暇更正，令人覺得是在十萬火急時寄出的郵件。

「雖說正如預料，但阿良良木似乎又在忙某些事情了……而且看來這次的狀況相當嚴重。」

收到同樣郵件的戰場原同學，夾帶嘆息如此說著。

甚至有種無可奈何的模樣。

「我不清楚春假發生的事情，不過從字面判斷，感覺比春假事件更嚴重。」

「妳果然也這麼認為？」

「是的。不過光是他特地寄這樣的郵件通知，就看到他的成長了……因為以前的他，真的只看得到眼前的事情。」

「說得也是。」

應該是——和真宵小妹有關的事件。

不，真宵小妹只是要找阿良良木拿回忘記帶走的背包，才會到處尋找阿良良木，所以她或許和阿良良木現在捲入的事件無關。

但是不知為何，我有這種感覺。

近乎確信。

「不行，打電話也打不通。」

不知何時做出這種事的戰場原同學（她做起事情總是過於乾脆），沒有明顯露出失望的神情，就闔上手機放回充電座。

「總之他是男生，用不著這麼擔心……應該沒關係。等他回來，我再向他炫耀曾經跟羽川同學一起洗澡。」

「我覺得這樣稱不上惡整。」

「羽川同學的身體曲線是這種感覺，這裡則是這樣……」

「不要加上肢體動作。」

與其說色情，應該說煽情。

「不過這麼一來，這邊的虎就只能由這邊處理了。」

「虎？」

我在上學路上遇見的——虎。

巨大的虎。

會說人話的虎。

這麼說來，就是因為發生這件事，戰場原同學才會過度擔心我吧？

「可是，那隻虎……」

「嗯？我有想過，說不定那隻虎就是火災發生的原因……不是嗎？查出失火的原因了嗎？」

「不，這方面還沒有查明……」

可能是蓄意縱火。消防隊的人員就只有這麼說過。

虎……原因在於那隻虎——

「……我不知道。」

「這樣啊，那麼這個推測，或許也是我急著偷跑下定論。因為是田徑社。」

「只是這種程度的雙關語，不要用這種正經的表情講。」

「走吧，羽川同學，差不多該連阿良良木的份一起洗澡了。」

「我覺得沒必要連他的份一起洗……」

「我會連阿良良木的份，欣賞羽川同學的裸體。」

「拜託只用戰場原同學的份。」

「這樣啊。」

戰場原同學一口答應我的要求。

要是她在這時候拒絕，我也會很困擾。

「也對，仔細想想，現在的阿良良木，或許不會對女生的裸體或內衣興奮了。」

「是嗎？」

「嗯。因為這幾個月的各種經驗，已經讓他的層次提升了。他說現在光是看到女生穿裙子就覺得很煽情。」

「如果是這種見解，女生根本沒辦法自保了。」

「他說，看到裙子隨風搖曳就令他心癢難耐。」

「連掀都不用掀了嗎……」

層次好高。

可以這麼說嗎……

嗯……

「那麼，我們就和樂融融相互洗胸部吧。」

「不是相互洗背？」

「羽川同學，我想問一個問題。」

我覺得這個話題繼續講下去會不太妙，所以趕快開始脫掉制服，此時戰場原同學忽然開口詢問。

以不像說笑也不像正經的表情詢問。

「妳至今依然喜歡阿良良木嗎？」

「嗯，至今依然喜歡。」

我立刻回答。

012

這是個好機會，我想聊一下阿良良木。

阿良良木曆。

戰場原同學的男朋友，我的朋友——阿良良木曆。

其實我在春假之前，就知道阿良良木的事情。我不是無所不知，但我知道阿良良木的事情。

阿良良木似乎沒有這方面的自覺，但他在直江津高中的名聲還算響亮。也可以說顯眼。

老實說，是負面意義的顯眼。

他總是想把我當成名人看待，不過阿良良木給人的印象也和我不相上下。正確來說，是給人恐怖的感覺。

是的，他受到旁人的畏懼。

如同我不喜歡被當成優等生，他也不喜歡被當成不良少年，不過他是個動不動就不來學校，無論是課業或考試都敷衍應付甚至不肯參加的學生，所以對他有這種感想的人肯定不只我一個。

交情變好之後，我有試著詢問詳情，應該說不經意試探詳情，才知道阿良良木之所以不來學校，之所以曠課甚至不來考試，似乎是因為他在處理類似春假與黃金週的那種事件。

說來沒什麼大不了的，雖然他在春假成為吸血鬼，並且和怪異有所瓜葛，他的人生並沒有為之一變，到頭來，阿良良木曆打從出生就是這種個性。

阿良良木曾經苦著臉抱怨火憐與月火妹妹的「火炎姊妹」事蹟，但是這同樣沒什麼大不了的，她們的行動只是阿良良木國中時代的翻版。

不對，依照她們的陳述，阿良良木的國中時代更加沒有節制，他進行的課外活動簡直遊走在法律邊緣，不只如此，要形容成正面槓上法律也不為過，這已經超越了無言以對的程度，令我深深佩服他居然能夠活著升上高中。

不過，國中時代的阿良良木，和高中時代的阿良良木相比，雖然做的事情沒有兩樣，行事動機卻有著明顯的差異，這一點似乎是事實。

這段期間發生過的事情，他比春假事件更加守口如瓶，包括我在內，現在他周遭的朋友沒有任何人知道，不過阿良良木似乎在高一發生過某個心理上的轉機。

依照他的說法，這也是他「落魄吊車尾」的原因。

……他這樣形容有點誇張，不過或許只是成績跟不上了。畢竟沒有法律規定一個人的心理，一定要經歷重大事件才能有所變化。

而且再怎麼改變，阿良良木依然是阿良良木。

即使剛認識時一派冷酷的阿良良木如今完全變了個人，他依然是他。

再怎麼改變，他還是阿良良木曆。

所以這單純只是一段回憶，阿良良木在國中時代，是個滿腔熱血情緒高漲的行動派。這是他已經忘記的一段回憶。以這個意義來說，他升上高中之後變得比較穩重，或許是一種正常的歷程。

平凡無奇，隨處可見，關於他的歷程。

我曾經有所猜測。

包括春假事件，黃金週事件。

包括戰場原同學、八九寺小妹、神原學妹、千石妹妹、火憐妹妹的事件，對他來說或許完全比不上他國中時代的各種經歷。我如此猜測。

而且，他今天似乎也基於某些原因而行動。

我從什麼時候喜歡上這樣的他……這方面晚點再說吧。

014

……？

依照編號，又跳過了一個章節？

怎麼回事？

總不可能是因為13這個數字不吉利而跳過吧？阿良良木曾經提出以下的質疑：跳過「13」還算是情有可原所以能夠理解，不過第一個把「死」與「4」聯想在一起想要迴避的傢伙，居然能夠讓這種諧音普及，這個人講話究竟多有分量（很像他會有的見解）？不過即使情有可原，應該也不表示非得跳過「13」這個數字。

？？？

不對，其實也沒什麼不便之處，所以繼續說下去吧——我在中午之後醒來了。沒有任何人叫我起床。

正如戰場原同學所說，那個廢墟不是能夠安眠的環境，我在這裡熟睡過後，附著在骨子裡的某種倦怠感，痛快地一掃而空。

不過，醒來時戰場原同學的睡臉就在眼前，這種狀況令我嚇了一跳。

不，不是嚇了一跳，是打從心底嚇了一大跳。

只能以「大飽眼福」來形容。

她的五官端正到驚人的程度。該怎麼說，美女閉著眼睛的模樣，和張開眼睛時相比別有風情。

尤其戰場原同學的睡臉完美得宛如精心打造，平滑的線條甚至像是陶瓷工藝品，但確實蘊含著人工物品不可能擁有的豔麗風采，令我不禁心跳加速。

撲通撲通撲通撲通。

雖然身體的疲勞已經消除，但血壓在睡醒時飆高到這種程度，根本就不會有睡迷糊的問題。

阿良良木至今總是獨占這張睡臉吧。

我思考這種有點限制級的事情逕自臉紅。

好像傻瓜。

應該說蠢態畢露了。

……不，不是這樣。

即使是阿良良木，現在也還無法獨占這張睡臉。因為戰場原同學與父親同住。

父親才是最熟悉女兒睡臉的人。

守護她至今的人。

「……哎呀。」

此時，戰場原同學忽然睜開眼睛。

與其說是「醒了過來」，更像是「活了過來」。或者是「打開了開關」。

就像是開機。

即使戰場原同學看起來似乎很容易低血壓，似乎也不是會「睡迷糊」的人。

不過「睡迷糊」和「低血壓」之間，其實沒有因果關係。

真要說的話，「低血糖」比較有關連性吧？

「羽川同學，早安。」

「戰場原同學，早安。」

「雖然這麼說，現在應該不是說早安的時間了。」

「也對，不是這種時間了。」

「現在幾點？」

「我看看……」

我轉頭看向衣櫃上的立式時鐘。

「一點半。」

「下午？凌晨？」

「當然是下午。」

她原本打算睡多久？

接下來是回想——是後來發生的事情。

後來，戰場原同學真的和我一起洗澡——在此向各位報告，這是我第一次和別人一起洗澡，所以發生了各種笨拙的糗事。

主導權因而完全掌握在戰場原同學手中，她實際上也幫我洗了各個部位。她的動作非常熟練，很明顯經驗老到。

這孩子，很習慣女生之間的肌膚之親！

她令我如此心想。

不過被做到這種程度，我也不能任憑宰割，所以也幫她洗了各個部位。

在沒有多大的浴室裡，我們真的是裸裎相對，我不曉得應該怎麼形容，但我覺得算是跨越界線了。

劃下界線的我，跨越了界線。

要說這是轉機，確實是轉機。

至少我覺得，今後不需要再對戰場原同學表現無謂的客氣了。老實說，雖然我被戰場原同學硬是帶到她家，我還是不太願意借住別人家。

就叨擾她一天吧。如今我率直心想。

我有這樣的感覺。

率直心想。

這麼說來，明明是這麼簡單的事，我卻很久沒做過了。

什麼是率直？

怎樣叫做率直心想？

要是深入思考這種問題，就會沒完沒了。

回想起來，戰場原同學原本也是在內心築起堅固高牆的人。

如果是她還稱為「深閨大小姐」的那時候，再怎麼樣也不可能讓我住進家裡或是一起洗澡，更不會跑遍城鎮找我一整晚。

她在這幾個月，克服了各種沉重的負擔。

想到這裡，就覺得同樣經歷各種事件卻沒能克服任何難關的自己很丟臉。

是的。

我沒能克服任何難關。

即使經歷黃金週事件，經歷文化祭前日的事件，依然沒有成長。沒有改變。

所以我非常羨慕戰場原同學，而且非常喜歡她，無法討厭她。

我率直心想。

後來我們在浴室嬉戲半小時左右（沒人阻止我們），舒暢走出更衣間。

幫對方擦乾身體，穿上內衣。

「羽川同學，如果要借穿我的內衣，妳內心應該難免會抗拒，不過至少借穿我的睡衣吧。」戰場原如此說著。「應該是妳在某間特價商店購買，設計風格爛到連佛塔都忍不住倒塌的那套運動服，我會幫妳扔掉。」

「咦？那套不行？」

「很慘。」

心情因為溼頭髮鬱悶的戰場原同學搖了搖頭。

這評語精簡有力。

「那套運動服的設計不是給人穿的……是模特兒假人專用，也可以說是用來測試衣架功能的樣品。」

「…………」

居然數落成這樣。

廢墟沒有鏡子，所以我沒能確認自己穿上衣服的模樣……不過戰場原同學把睡在自製床鋪的我叫醒時，或許是看到我穿這種衣服睡覺才掉眼淚吧。

唔～……

傷腦筋。

「可是我方便借穿戰場原同學的睡衣嗎？」

「沒問題，我衣服還算多。」

「那我恭敬不如從命了。」

內衣則是百圓商店購買的新品。

後來，我穿上戰場原同學從衣櫃拿給我的睡衣。

穿別人的衣服，是一種不可思議的感覺——雖然穿著衣服，卻有種無法言喻的解放感。

感覺做任何事情都會被原諒。

戰場原同學身高很高，所以衣服比我大一號，穿起來異常寬鬆。

「但是只有胸部太緊，這是定理。真美妙。」

「不，並不會緊……」

沒什麼特別的感覺，畢竟是睡衣。

這種定理並不存在。

等戰場原同學也換上睡衣之後，我們幫對方吹頭髮。

這個工作很快就結束了。第一學期的時候，我與戰場原同學的頭髮都算長，但現在只有及肩的長度。

很快就吹乾了。

我對此有些惋惜。

「羽川同學，妳在文化祭過後剪短頭髮，但現在又變長了。」

「嗯？嗯，是啊，後來就沒去過髮廊了。」

「想再留長？」

「嗯……還不確定。剪短之後我才首度發現，長髮整理起來反而不花時間。妳不覺得嗎？」

「嗯。總之，有些部分或許如此。」

「對吧？」

「例如睡醒會亂翹。」

「……對吧？」

哪壺不開提哪壺。

「所以考量到畢業之後的計畫，或許還是留長比較好……我這麼想過。」

「畢業之後的計畫嗎……」戰場原同學別有含意複誦我這句話。「老實說，我不贊成這種計畫。羽川同學認為大學教育並非必要，但是大學並不只是求學的地方，就我來說，周遊世界和上大學沒什麼兩樣。」

「…………」

這個話題至今屢次被提及，不過正因為戰場原同學敢明講自己的想法，我才會喜歡她吧。

是的，我不上大學。

所以出席天數或成績考核表都和我無關。

我打算在畢業之後，以兩年時間周遊全世界，相關計畫也幾乎擬定完成。要是行程設計得過於詳細，感覺會成為背包客的旅行預定表，所以只是擬個大綱而已。

目前只有阿良良木與戰場原同學，知道我這項「生涯規劃」。

阿良良木是那種個性的人，所以並沒有阻止我。

戰場原同學是這種個性的人，所以溫和表達強烈反對。

「想到妳會冒失到面不改色在那種廢墟過夜，我反對的態度更加堅定了，甚至可以形容成固若金湯。並不是所有國家的治安都和日本一樣好吧？要是遭遇危險就太遲了吧？妳要考量到全世界的男生都在覬覦妳的肌膚。」

「肌膚？」

「想到妳的肌膚會在行經熱帶地區時晒黑，我就感到絕望。」

戰場原同學真的露出絕望的表情。

她對我的肌膚有多強烈的執著？

「乾脆套上項圈關進籠子裡好了……」

「戰場原同學，戰場原同學，妳正打算在這個治安良好的國家讓我遭遇危險。」

「不是在賭氣？」

戰場原同學無視於我的吐槽。

這麼說來阿良良木也提過，戰場原經常無視於他的吐槽。

或許是少根筋吧。

「不過，我不知道妳賭氣的對象是阿良良木、是忍野先生、是我……或者是其他人。比方說那樣的父母。」

「…………」

我沉默片刻。

稍做思考。

或許吧——不對。

「我沒有賭氣，不會以賭氣心態規劃自己的未來。」

「是嗎，那就好。」

「我只是想填補自己的不足之處。以現在流行的說法，就是尋找自我之旅。」
「尋找自我……」
「不過，我已經在黃金週遇見『自我』了……所以正確來說，應該是另外『創造自我』。」
「這樣啊。我也不認為自己能夠改變妳既定的決心，妳的頑固不輸給我的堅持。不過……」
戰場原如此說著。
平靜說著。
「如果不想去了，妳隨時可以取消計畫，也可以旅行到一半就回來，我們不會認為這是丟臉的事情。對，『我們』。阿良良木其實肯定也想阻止妳。」
「肯定嗎？」
「無須質疑。」
她如此斷言。
不過，很難說。我不清楚阿良良木對我的想法。
總之，我們聊著這種不算私房話題的私房話題，並且吹乾頭髮。
然後戰場原同學從壁櫥拿出一組被褥。
「還有一組被褥是我爸爸用的，不過要拿來用嗎……年過四十的中年大叔平常使用的被褥，我不太願意拿給女高中生睡。嗯，這是沒辦法的，羽川同學，和我一起睡吧。」

「………………」

結論下得好快。

「不要緊，不要緊，不要緊！妳放心！我絕對不會亂來！只是一起睡而已！我不會碰妳一根寒毛！」

爭取信賴卻失去信賴。戰場原正在做這種非常高明的行為。

「我不會把羽川同學當成抱枕！」

「……我似乎明白妳能和阿良良木交往的理由了。」

阿良良木變成那樣的原因或許不是我，而是戰場原同學。我的內心迅速冒出這樣的質疑。

而且仔細想想，記得阿良良木在春假時還算正經。

嗯，既然這樣，就不是我的錯了。

「沒關係，我明白了。妳不用這麼強調，我沒有擔心這種事。」

「是嗎？謝謝。」

戰場原同學不知為何道謝。

這個女生超可疑。

「那麼羽川同學，枕頭用我的吧，我用爸爸的枕頭。」
「咦？對了，既然這樣，不能選擇讓戰場原同學用令尊的被褥嗎？」
即使是家人，不對，正因為是家人，這個年紀的女兒對父親的排斥感已然成立，所以不願意使用父親的被褥。雖然這種解釋說得通，不過既然她願意使用枕頭，應該不會有這樣的顧慮。
「啊？因為要是我用爸爸的被褥，就不能跟羽川一起睡吧？」
「原來如此。」
非常有道理。
難以推翻。
「而且我其實有戀父情結，要是躺在爸爸的被褥裡，我會興奮到睡不著。」
「戰場原同學，妳講得太露骨了。」
好誇張的家族。
不對。我完全不知道家族為何物，所以絕對不會隨便吐槽這方面的事情。
「總之，不同的家族都有各自的相處之道……比方說阿良良木家的兄妹關係，不就很明顯有問題嗎？」
「妳也覺得有問題吧！」
我不由得振奮精神加以同意。

坦白說，那種兄妹關係很危險。

總是不斷和倫理交戰，而且最近持續獲得全面勝利。

戰況極度危急。

「之前引介的時候，火憐與月火妹妹看哥哥的那種憧憬眼神簡直是……相較之下，我對爸爸的情感完全處於正常範圍。」

「嗯……」

我不免覺得她是以更極端的例子淡化自己的行徑，總之別追究了。

我和兩人住在同一個屋簷下，在同一間屋子共住十五年，卻沒能成為一家人。這樣的我，終究沒資格追究這種事。

如今，連那個家都消失了。

沒有家，就無法成為家族。

「好啦，那我們睡吧，羽毛被……更正，羽川同學。」

「絕對不可能有人會把羽川口誤為羽毛被吧？」

共通點只有「羽」這個字，而且日文發音也不一樣，令我覺得這肯定是故意的，但戰場原同學雖然表情變得豐富，卻完全無法從外在看出她內心的認真程度。

現在時間是上午八點。

如果現在全力衝刺，還是勉強趕得上第一堂課，但我還是認命向保科老師請假。

和戰場原同學同床而眠。

「晚安。」

「晚安。」

我也很久沒有說晚安了，以心情來說就像第一次。

因為我即使會對倫巴說早安，也未曾對它說過晚安。

015

回想結束。

「下午一點半嗎……感覺睡了好久。羽川同學也剛醒？」

「嗯，差不多。」

「嘻，沒想到能夠和羽川在同一張床醒來。」

「不要講得像是枕邊情話一樣。」

「我容易神經緊張，平常睡眠都很淺，不過這次莫名睡得很熟，這是為什麼呢？因為枕頭好？」

「妳是說令尊的枕頭？還是抱枕？」

兩種選項都很有問題就是了。

但我也一樣熟睡到沒有做夢，所以還是沒資格說別人。不知道是因為戰場原同學的枕頭好，還是戰場原同學的被褥好，還是抱枕……

不不不，我沒抱。

「那麼羽川同學，會餓嗎？我想為妳做個早飯……不對，應該是午飯。」

「啊，好的，很榮幸能受妳招待。」

「有什麼不吃的東西嗎？」

「沒有。」

「這樣啊。」

戰場原同學鑽出被窩前往更衣間，大概是要洗臉等完全清醒之後再下廚。

她走出來之後直接前往廚房。

雖說是廚房，但這裡只有三坪大，所以算是同一個房間。

「啦～啦～啦～……」

戰場原同學哼著歌穿上圍裙。

不知為何心情很好。

大概是喜歡下廚吧。

我想起阿良良木曾經感嘆戰場原同學不太願意為他下廚，但是最近沒聽到這種話題，也就是說，他開始有機會享用女友的愛心料理了。

「羽川同學。」

「什麼事？」

「如果我這時候無聲無息換成裸體圍裙，妳會覺得萌嗎？」

「我會發飆。」

「這樣啊。」

戰場原同學點了點頭，從冰箱取出材料。

看來我不用發飆了。

其實我不知道怎麼發飆，所以得救的是我。

「話說回來，羽川同學，豆芽菜的日文漢字有『萌』這個字，知道這件事之後，我就覺得豆芽菜好吃得不得了。」

「不對，我覺得豆芽菜的味道不會因而改變吧……」

「所以說，妳覺得呢？」

戰場原同學一臉正經轉過身來。

而且以菜刀指著我。

「把別人形容成豆芽菜，其實是高度的讚美吧？」

「萌芽菜……」

老實說，我不覺得這種形容很有趣或是很高明，但她以菜刀指著我，我也不敢勉強反駁。

不過，她是個很適合拿刀的女孩。

「羽川同學是越光米派？還是笹錦米派？」

「啊，我已經被認定是米食派了？」

「既然是講早飯、午飯與晚飯，當然是米食派吧？如果主食是麵包，就應該稱為早bread、午bread與晚bread。」

「聽起來挺帥氣的……」

但我覺得正常講早餐、午餐與晚餐就好了。

戰場原同學的理論經常有很多漏洞。

「嗯，確實沒錯。妳這個理論的漏洞，就是會把晚bread看成平板電腦。」（註3）

「不，還有更大的漏洞。」

「所以，越光米與笹錦米都是這個家的常備米？」

「怎麼可能，只有神祕如謎的雜牌米。」

「神祕如謎……」

「不過『謎』這個字，確實包含『米』在內吧？」

「所以？」

註3 「晚bread」原文是「タブレッド」，平板電腦日文是「タブレット」。

「所以可能不是品牌米，而是混合米。」（註4）

「這個雙關語落後十五年了。」

這個問題曾經在某段時期被拿來大作文章。

如今這個問題並沒有解決，只是沒有被拿來作文章了。

「放心，爸爸對於電子鍋很講究，這個很貴的，會讓人覺得和這間廚房格格不入吧？」

「唔～……」

確實如此。

雖然這麼說不太對，但好像比這裡的房租還貴。

羽川家的電鍋年代久遠，所以這部分值得暗自期待。

「羽川同學平常會下廚？」

「嗯，會。」

要是回答得過於誠實，羽川家的家庭狀況會令人退避三舍，至今我總是猶豫應該要講出多少隱情，不過既然受她照顧到這種程度，應該讓她知道大略的狀況，如此心想的我決定向她說明。

何況戰場原同學已經見過我應該稱為父母的那兩個人，即使貿然掩飾也無濟於

註4　品牌（brand）和混合（blend）音近。

事，何況我之前就說過自己平常睡走廊……

不對。

說什麼「應該」或「無濟於事」，並非如此。

我就只是想告訴戰場原同學。

戰場原同學那麼擔心我，我不想對她有所隱瞞。

「我吃的東西，都是我自己作的。」

「這樣啊，我也有過這樣的時期。」戰場原同學如此說著。「因為我和媽媽處得不好。」

「……記得離婚了吧？」

「對，後來再也沒見過了……不知道那個人現在過得怎麼樣，希望她能幸福。」

雖然她嘴裡這麼說，聽起來卻不像是非常擔心，切菜的動作也沒停過。

我不知道這樣是自然還是不自然。

「總之，家家有本難念的經。」

「說得也是。」

應該是有算準時間，電子鍋發出煮飯完成的音效時，戰場原同學就關掉爐火，開始盛裝兩人份的飯菜。

我有詢問哪裡需要幫忙，但她以「讓我一手包辦」婉拒了，似乎是不喜歡步調被他人打亂。

就這樣，如今矮桌上擺滿餐具——我還是有幫忙端飯菜上桌。

「我要開動了。」

「我要開動了。」

白飯、味噌湯、蔬菜炒雞肉。

都是不用特別費工的家常菜，令我莫名感到高興，不過這種感覺就算非常努力說明也很難說清楚，所以我沒有刻意告訴戰場原同學。

開始享用。

「啊，好吃。」

「是嗎？」

戰場原同學露出驚訝的表情。

「阿良良木每次都沒有吃得很高興，老實說我已經做好心理準備接受劣評了。」

「劣評……」

話說，原來阿良良木都沒有吃得很高興……

唔～……

他取悅女生的功力不足。

即使不合口味，也應該在表面上好好展現高興的樣子才對。

不過這樣很像他的個性。

「但我覺得很好吃，畢竟味覺還是因人而異的。」

「換句話說，我和羽川同學的喜好相近。包括喜歡的味道以及喜歡的男人。」

我噴出味噌湯了。

居然做出這種沒教養的行徑。

「戰場原同學……我說過，妳這方面總是講得太露骨了……」

「沒有啦，我覺得要真正和羽川同學交心，這種話題也應該要聊一下。」

「但是只要出一點差錯，就會讓隔閡更深吧……」

這樣的挑戰心態令人佩服。

不過，我也很高興她願意講得這麼深入，因為我總是難以主動和他人深交。

「那麼戰場原同學，我們乾脆敞開心胸，聊聊彼此喜歡阿良良木哪些部分吧？」

「不，這段敞開心胸的對話萬一洩漏出去，那個傢伙有可能會得意忘形，別這麼做比較好。」

「這樣啊……」

戰場原同學對男朋友管得很嚴。

似乎不想把他捧上天。

「那要聊什麼話題？」

「這個嘛，就來聊我們討厭阿良良木哪些部分吧。」

「附議！」

後來我們盡情宣洩，整整聊了三個小時。

開懷暢談別人的壞話……

016

「已經到了該準備晚餐的時間，不過羽川同學，該討論今後的事情了。」

就像在表示天下沒有不散的筵席，戰場原同學惋惜的結束話題。

感覺我們似乎變年輕了。

神采飄揚。

這種連帶感是怎麼回事？

「今後的事情是指？」

「就是羽川同學今後的事情啊，今晚住我家，那明天之後呢？有備案嗎？」

「備案……」

要是這時候開玩笑說「也對，那我就回那座補習班廢墟住吧」，大概又會挨她的耳光。不，即使會被踹也不奇怪。

「……沒有備案。」

「這樣啊。」

戰場原同學嚴肅的點了點頭。

她的表情非常認真，簡直和剛才全心全力批判男朋友惡行的她判若兩人。

與其說表情豐富，這已經是雙重人格了。

「說真心話，我希望妳明天之後也住在我家……想把妳納入我的管理。」

「納入管理？」

「納入監視。」

「就算妳換個說法……」

我覺得也差不了多少。

總之簡單來說，她這番話的意思是在擔心我，所以確實是她的真心話。

「不過如妳所見，戰場原家就這麼點大，我終究不能讓羽川同學和明天回來的爸爸同房起居或是換衣服。」

「嗯，妳說得對。」

這樣不太好。

以她父親的角度，要和女兒同學同房睡，想必也會相當困擾。

「要是爸爸因而喜歡上羽川同學，那就麻煩了。」

「原來妳在擔心這個？」
「或許總有一天，我必須稱呼羽川同學為媽媽。」
「不會有這一天的。」
「什麼？妳的意思是我爸爸配不上妳？」
戰場原同學以煞有其事的眼神瞪我。
好棘手的個性。
看來她真的有戀父情結。
唔……
包含這一點在內，而且即使不包含這一點，我終究不方便繼續借住這裡。
所以該怎麼辦？
「我想應該可以勉強再讓妳住一兩天，換衣服的時候請爸爸到外面迴避就好。」
「怎麼能讓別人家的爸爸做這種事……」
這種客人也太誇張了。
「順便問一下，依照羽川同學的推測，羽川家今後會怎麼樣？」
「那兩個人……」
我覺得在戰場原同學面前，已經沒必要勉強以「爸媽」來稱呼，所以我刻意將他們稱為「那兩個人」。

「那兩個人也不可能一直住旅館，我想這陣子應該會找房子租，因為這樣肯定比較划算。那間屋子有保火災意外險，再以這筆錢重建屋子的這段期間，應該會租房子過生活。」

「重建房屋大概要……？」

「如果要蓋相同規模的房屋，大概三千萬吧？」

「不，我不是說錢，是時間。」

「啊啊。」

丟臉的誤解。

我第一個想到的居然是錢。

「唔～要依照建築工法而定，包含辦理各種手續的時間，大概半年吧？」

「半年……」戰場原同學繼續說：「換句話說，到時候羽川同學已經高中畢業，啟程周遊世界了吧？」

「……說得也是。」

時間會來不及。

不對，以這種狀況，不知道是對於什麼事情來不來得及。

我住了十五年的屋子已經燒掉，即使重建也已經是另一間屋子了。

失去了一切。

如此而已。

到最後，根本沒有來不來得及的問題，是運氣太差了。

「先不提半年後的事情，只要盡快租到房子，羽川同學就有地方能睡吧？」

「嗯，不過是走廊。」

「走廊？對喔，我都忘了。」

從戰場原的反應來看，她似乎忘記我曾經提過這件事。

但她的反應僅止於此。

「總之，家家有本難念的經。」

「是的，家家都是如此。」

「既然這樣……」

戰場原同學靜靜從充電座取下手機，讓螢幕顯示日曆。

「只要租到房子就不用借住了……課本跟筆記本之類的也燒掉了？」

「燒掉了。」我點頭示意。「逃過一劫的只有那天帶出來的文具與錢包，不過跟老師說一聲，應該就借得到課本。」

「這樣啊，那麼這方面就暫時不用擔心了。」

戰場原同學如此說著，並且以單手操作手機。雖然從這個角度看不到，但以她的按鍵速度判斷，應該不是在查閱日曆。

是在寫郵件嗎？

「羽川同學，我有一個好點子，想知道嗎？」

「好點子？」

「也可以說是妙計，我是神機妙算黑儀，跨越世界觀的夢幻合作。」

「…………」

與其說是合作，更像是老調重彈。

「妳父母找房子租，最多也只要一個星期吧……如果是這種程度，這個點子應該應付得來。」

「唔嗯……」

老實說，這個形容成妙計的點子並沒有很吸引我。以最壞的狀況，我只要造訪那兩個人下榻的旅館，就可以解決住宿問題。

到頭來，這只是我任不任性的問題，戰場原同學不需要耗費心力絞盡腦汁思考。

所以，令我感到高興的並不是點子本身，而是為我想點子的戰場原同學。

「我想知道，請務必告訴我。」

我如此回答。

「好啦，這下子怎麼辦呢？我要說還是不要說呢？」

「…………」

戰場原同學改頭換面之後，原本直率的性格變得有點惹人嫌了。

017

後來兩人吃完晚餐（下文僅供參考，晚餐不知為何吃的是麵包，廚房不只是電子鍋，甚至具備全自動麵包機，依照當事人的說法是「平常都用麵包配飯吃」），然後兩人再度洗澡，相互洗身體，為了養精蓄銳迎接明天的挑戰，戰場原黑儀與羽川翼，這天在晚上十點前就上床就寢。

所以老子醒了喵。

我的身分正如各位所知，是源自障貓的新品種怪異，被那個討人厭的夏威夷衫小子取名為「ＢＬＡＣＫ羽川」喵。

我無聲無息鑽出被窩（和掃地機不一樣，無聲無息行動是喵咪的拿手絕活喵），然後伸個懶腰。

「嗯～喵！」

即使不用解釋，各位應該也知道了，我的主人——羽川翼每次睡覺都會跳過一個章節，就是因為我會像這樣登場喵。

身為怪異的我不太懂，但依照主人的知識，睡覺不只是讓身體休息，讓精神休息的意義似乎比較重要喵。很少想事情的我和精神這種字眼無緣，但是「思考」這種行為似乎對生物造成相當大的負擔喵，不過我還是不太懂喵。

所以人類每天必須把三分之一的時間，必須把三分之一的人生用在睡覺喵。

任何人都要睡覺。

主人也要睡覺。

但是經歷這次的事件之後，一般的「睡覺」已經不足以讓主人得到充分的消息喵。雖然不知道主人自己察覺到什喵程度，不過只有這件事連我這種笨蛋也懂，但主人對於「自己的痛楚」實在遲鈍過頭，完全喵有發現住了十五年的家燒光，對於主人的精神——對於內心造成多喵強大的衝擊喵。

所以老子出現了喵。

ＢＬＡＣＫ羽川第三度登場喵。

繼黃金週以及文化祭（這是什喵？）前日，如今第三度登場喵。

不過，黃金週出現的我、文化祭前日出現的我，以及這次出現的我，老實說可以當成不同的個體喵，以人類的說法就是「判若兩人」喵。

還是該形容成「判若兩貓」？

但如同我看不出人類的差別，在人類眼中，障貓——ＢＬＡＣＫ羽川的各種形態看起來都差不多，個體差異並沒有大到需要個別分辨喵。

也就是說，使用的英文冠詞是「a」而不是「the」，複數型並不存在，這樣有沒有比較懂了喵？

比方說人類看到三隻白溶裔的時候，不會以白溶裔A、白溶裔B、白溶裔C做區別，只會統稱為白溶裔吧？（註5）

所以我不是BLACK羽川C，也不是BLACK羽川3——就只是BLACK羽川喵。

這方面請多指教喵。

「喵、喵、喵。」

我哼著歌前往更衣間喵。

然後照鏡子。

變成純白的頭髮。

頭頂冒出的貓耳。

凶悍的貓眼。

在補習班廢墟第一次「清醒」時，附近喵有鏡子，所以我也花了好長一段時間掌握狀況（順帶一提，關於那套運動服，信奉主人至上的我即使不用照鏡子，也對主人的品味不以為然喵），今天早上「清醒」的時候，我還是很睏所以喵有外出活動，因為

註5　日本妖怪，源自鳥山石燕的妖怪畫集「百器徒然袋」。

我是夜行性，腦袋在太陽高掛的時間不太靈光喵。

換句話說，這次是第一次照鏡子喵。

「唔～頭髮剪短之後，貓耳的感覺果然也完全不一樣了喵。」

我確認這件重要的事情之後洗臉。

似乎有傳聞說貓洗臉的隔天會下雨，不過在這種場合完全無關喵。

我走出更衣間，拿起衣櫃上的鑰匙。不用說，是這間套房的大門鑰匙。

叫做阿良良木曆的那個低級人類小子，曾經以為我是連鑰匙都不會用的笨蛋，胡說八道，鑰匙這種玩意老子還是會用，不准看扁人型怪異喵。

我悄悄行動，避喵吵醒似乎是主人朋友的戰場原黑儀，無聲無息打開大門，同樣無聲無息鎖門。

雖然那個女生是主人的朋友，但也是主人的敵人喵。想到這裡就覺得我外出的時候用不著這喵貼心，不過我在這部分只是遵循主人的意思喵。

至少，主人從來喵有恨過這個女生喵。

一次都喵有。

喵。

我不穿鞋。

穿鞋不好行動喵。

我可不想讓腳趾無法自由行動喵。

「喵、喵、喵、喵。」

話說回來，或許有人會擔心我要是在主人睡著的時候活動，主人恐怕就完全沒辦法休息喵。

感謝各位的關心喵。

不過請放心。

完全不會有事喵。

以我的說法，我等同於主人的精神平衡器。換句話說光是我「現身」，就會對主人的精神產生治癒效果喵。

身體上的疲勞也完全不成問題喵，我是怪異，就算使用人類的身體，驅動身體的原理也和人類完全不同，所以主人的身體甚至會比睡眠得到更好的休息喵。

何況，各位也應該思考一下喵。

主人打造床鋪的天分再好，睡在只有鋪紙箱的桌上，肯定會筋骨痠痛完全不能熟睡喵。那種物體與其稱作床鋪，更應該稱作翹頭髮製造機喵。相較之下，能夠和一個為自己哭泣的朋友同床就寢，雖然表面上像是可以安然熟睡的佳話，不過以平常不熟悉的枕頭和被褥睡覺，肯定不能睡得香甜喵。

在這種狀況之下，主人依然可以「神清氣爽」，獲得有助於健康的睡眠，不是我自豪，正是因為我有像這樣現身喵。

我是主人內心壓力的具體呈現，也就是「疲勞」的象徵，光是能夠像這樣將我切割出來，主人本身就能備感舒暢喵。

即使不是唯一的原因，但主人之所以不知道何謂「睡喵糊」的感覺，其實也是託我的福喵。

把老子比喻為惡夢的人類小子大概是誤打誤撞，但可以稱呼他慧眼獨具喵。因為對於主人來說，我就是睡眠喵。

我就是夢喵。

在黃金週的時候，光是如此還不足以消除所有疲勞跟壓力，才會見人就使用能量吸取。不過放心喵，這次不會做出這種目中無人的舉動喵。

做了也毫無意義喵。

何況以這種方式登場的我，以那個人類小子的說法是怪異的後遺症，是類似餘音的玩意兒，到最後只不過是一種現象喵。

類似聖嬰現象那樣喵。聖喵現象？

我能做的事情少之又少喵。

頂多只能像這樣冒出來，避免主人在晚上做惡夢喵。

像這樣照顧主人的精神，就是我的全力喵。其實這樣等同於什喵都沒做喵。

不過依照那個夏威夷衫小子的說法，「怪異是基於合理的原因出現」。所以即使我什麼都做不到，光是以餘音的方式，以錯覺的方式出現，也肯定有意義喵。

不過，做不到的事情就是做不到喵。

只能做我做得到的事情喵。

盡力而為喵。

……嗯。

以這種角度來看，現在的我確實跟以前的我不一樣喵。完全不想用強硬的作風行事，也不希望凡事都以蠻力解決喵。

我居然也變得圓融了喵。

不過貓會把身體蜷成圓形，也是理所當然喵。

不，不對喵。

變圓融的是主人喵。

說是人類也好怪異也罷，極端來說，我與主人是同一個人，所以主人變圓融，我也會變得圓融喵。

用不著等到下雪，也用不著搬出暖桌喵。

主人在協助戰場原黑儀那個女生改頭換喵的過程中，似乎有想到一些事情，因此努力也想讓那個叫做阿良良木曆的人類小子改頭換喵（還被調侃成「矯正課程」喵），不過我覺得，主人和前一陣子比起來也明顯改頭換喵了。

與其說是改頭換喵，更像是重新建構喵？

我是從主人的內心，從心的內部進行觀察喵，自認很清楚這方面的事情喵。

畢竟主人處於那種家庭環境，沒有踏入歧途才神奇喵。

但主人的歧途是通往優等生的方向，這部分很像主人的風格喵。不過主人剪頭髮換眼鏡之後，也卸下這種優等生的偽裝喵。

周圍對此應該有各種意見，但是以我的立場，依然認為這完全是好事喵。

這方面我和戰場原黑儀的意見相同喵。

我大概遲早會完全消失喵。

消失不見蹤影喵。

現在是過渡期喵——主人成為完整主人的過渡期喵。

真要說的話，我就像是青春期的幻想喵。

最晚大概在主人周遊世界回來的時候，我就會被遺忘喵，就像是所有人兒時都會幻想的虛構朋友喵。

總之，要說不落寞是騙人的，不過這是我天生背負的使命，所以不打算違抗這樣的命運喵。

有相遇就有離別喵。

怪異也不例外喵。

我就只是盡到我的職責。

「喵，喵……這邊喵。」

我不是走樓梯，是輕盈跳到這間公寓——民倉莊屋頂，三百六十度環視四周喵。

「不對……是這邊喵。」

話說，我現在鑽出被窩來到戶外，既然不是要進行能量吸取，那是要做什喵？當然不是在夜間外出散步喵。

其實我在廢墟「現身」的時候，以及今天早上「現身」的時候，應該要立刻像這樣採取「行動」才對，但我也要做些準備喵。

那麼……

「嗯，嗯嗯，找到了喵。」

我沒多久就發現對象，在發現的瞬間，無聲無息起飛。

貓會飛天喵。

不，這是謊言。

不過，ＢＬＡＣＫ羽川的跳躍力足以翻山越嶺喵。可惜這次必須小心別發出聲音，終究沒辦法翻山越嶺喵。

而且要是我全力跳，腳下的公寓就會毀掉喵。

即使如此，跳個五百公尺遠就夠了喵。

來到這裡就不用注意音量喵，我就像是整個身體插在柏油路喵，充滿氣勢砰咚一聲著地喵。

這裡是晚上沒有任何車輛經過，伸手不見五指的道路。

我的眼前，有一隻虎喵。

018

『障貓……不，不對，不是障貓，但也不是別種怪異。妳是怎樣？妳是誰？』

這隻虎──不可能是真虎，巨大到會失去遠近感的虎，看著我詫異歪過腦袋。

虎歪過腦袋的光景，挺稀奇的喵。

好想拍下來上傳到網誌喵。

「說我是障貓大致沒錯喵，正確來說細部不一樣，根源也不一樣，但是差不了多少喵。」

我回答時儘可能露出最燦爛的笑容，藉以表現友好之意。

『是嗎？不過好像完全不一樣……』

虎只是瞇細眼睛毫無笑意。

唔～……

雖然常說不能用外表判斷怪異，但是依照第一印象，似乎很難友善來往喵。

『……就吾輩所知，障貓是軟弱的怪異，幾乎無法察覺，沒有存在感的怪異。不過妳……』

「哎，你要這喵說，我也無話可說喵。」

無從反駁喵。

障貓這種怪異過於虛幻，與其說是怪異，形容成奇譚比較正確。只不過，即使並非如此，大部分的怪異在這個傢伙眼裡，或許都是幾乎無法察覺又沒有存在感的怪異喵。

因為虎是眾所皆知的聖獸喵。

「就算是我這種傢伙，也會有一些隱情喵。」

『這樣啊。』

虎點頭了。

一副沒興趣的樣子喵。

就像是我的事情完全不重要喵。

『總之，妳的事情完全不重要。』

居然明講喵。

老子終究火大了喵。

『不過，我得問妳有何用意。既然是同種的怪異，妳應該知道擋住吾輩去路的意思吧？』

「同種的怪異？」

這次輪到我歪過腦袋了。

我和這傢伙，在怪異方面的出身完全不一樣……不對，不是這個意思喵。

單純是指動物方面的同種。

貓與虎——肯定是這個意思喵。

「是啊。」我理解之後繼續說：「我當然知道喵，而且並不是故意擋你去路，連一丁點的故意都喵有，雖然我不怎麼聰明，還是有這種程度的自知之喵。」

『妳不聰明，這一點應該沒錯……不過是否有自知之明就值得議論了。』

虎居然講得這麼失禮喵。

不過明明不是人型，這傢伙卻很愛說話喵。

反倒令我不安喵。

『那妳為什麼會站在那裡？』

「哎，只是過來表達立場喵。你基於何種用意來到這座城鎮並且留下來，老子完全沒興趣喵，你可以盡情完成你的本分，至於你的本分是什喵，對老子我來說也完全不重要喵，因為怪異就是這喵一回事喵，不過如果……」

我說出來了喵。

與其說是表達立場，應該說是宣戰喵。

「如果你企圖進一步危害主人……老子會宰了你。」

『……這樣啊。』

聽我說完之後，虎靜靜地，像是理解般點了點頭。

像是細細品味，如同細細品味得手的肉，點了點頭。

『就覺得好像在哪裡看過……妳是那個女孩嗎？妳附身在那個女孩？』

「並不是附身喵。如果是正統障貓就有可能，但老子近乎是本人喵。」

虎終於想起我，應該說想起主人是誰了，所以我簡單加以說明，這部分要是不說明就喵有人會懂。即使是那個怪異專家夏威夷衫小子，也喵有知悉一切喵。

不會有任何人知悉怪異的真相喵。

「同化……不對，形容成合為一體比較正確喵。我就是主人，主人就是我，主要人格當然是主人，但我也意外擁有主導權，因為我在主人的精神層面，占據一部分原始的原理基幹喵。」

『哼，不重要。』

又講這句話了喵。

我並不是想跟這傢伙示好，但還是希望牠能對我有點興趣喵。

『站在人類那邊的怪異嗎，要說稀奇……也不會。但妳這種怪異應該最清楚吧？怪異的特性並不是能夠壓抑的東西，問題在於看見的那一方。』

「…………」

『重點只有一個。妳所謂的主人，看見了吾輩。』

虎說完之後，狠狠瞪了一眼。

這一瞬間，我跳起來了喵。

因為覺得有危險喵，感覺似乎一下子就會開戰喵。

這傢伙暴力到恐怖的境界，性急到恐怖的境界。

所以跳了。

我跳了。

飛了。

不是退後一步那喵簡單，是更加豪邁，全力飛上天空。真的是如同飛翔，如同翻山越嶺。

但我滯空超過五分鐘，宛如摔倒降落在城鎮近郊時，不知道是如何預先抵達——

虎就位於我眼前喵。

『沒用的。』

「…………」

『做什麼都沒用。這個女孩——那個女孩看見吾輩了，只有這是關鍵，只有這是重點，吾輩已經……開始行動了。』

虎如此說著。

如果我剛才進行的是宣戰，虎現在進行的就是最後通牒喵。

019

「進來之前，可以先擦腳嗎？」

回公寓時，戰場原黑儀已經準備溼喵巾等待我了。

我自認有消除氣息，開鎖時當然也喵有發出聲音，但這個女的似乎早就醒了。

「我容易神經緊張，算是該醒就醒的類型。我沒說過嗎？」

「……並不是跟我說的喵。」

「不過，妳是羽川吧？來。」

戰場原黑儀一副理所當然的樣子，將溼喵巾遞過來。

我率直收下，聽話擦腳。

雖然喵有特別注意，不過看到喵巾一下子就變得黑漆漆，看來腳真的很髒喵。

「總之，雖然是第一次見面……記得是叫做ＢＬＡＣＫ羽川？」

「哎，就是這喵回事喵。」

「這樣啊。」

接著，戰場原黑儀以沒拿任何東西的手伸向我。

「……？這是要做什喵？」

「沒有啦，想說初次見面要握個手。」

「妳完全喵有聽說喵？」

我無可奈何告訴她。

「老子有障貓的特性，身上常駐能量吸取的能力，光是碰觸就會吸取對方的精力喵，所以不可能握手喵。」

「能量吸取，這我聽說過。」戰場原黑儀面不改色說著。「但不是瞬間吸光吧？只是握手肯定沒問題的。」

「…………」

我想繼續說下去，不過打消了念頭。

她似乎不是說得通的對手喵。

所以我默默握住她的手——只有一瞬間喵。

「嗚……」

戰場原黑儀只有在這一瞬間發出呻吟，如此而已。

如今她肯定全身軟癱無力，即使當場跪下來也不奇怪，但她絲毫沒有露出難受的樣子喵。

能量吸取的能力，確實沒有強到瞬間令人昏倒，但也不是普通人能夠承受喵。我是認清這一點並和她握手喵。

或許可以說是期望落空，但內心某處有種「果然如此」的想法喵。

還是說，這是主人的想法？

果然如此。

這個女人，果然如此。

「…………」

不過我——當然也包含主人——並不是想看這傢伙難受的樣子喵。

這傢伙毫無反應的模樣，掏挖著我的心。

「請多指教。」

她就像是乘勝追擊，甚至露出笑容這麼說。

「羽川同學就拜託妳了。」

020

…………
為什麼？
這次一下子跳過三章。
我睡著的時候，發生了某些事情……
不要緊吧？
沒發生任何怪事吧？
「羽川同學，早安。」
我在被窩裡混亂到動彈不得時，正前方的戰場原同學如此對我說著。
我不禁詫異。
戰場原同學看起來莫名恍神，簡直和昨天換了一個人……不，與其說她恍神或是很睏，應該說她一副精疲力盡的樣子。
不過，剛睡醒就精疲力盡是什麼狀況？
又不是中了障貓的能量吸取。
「羽川同學真早起……現在才六點。」
「嗯……」

今天真的是依靠生理時鐘醒來的。和我那個家比起來，戰場原同學家離直江津高中比較近，其實可以多睡一下。

不過，早起不會是壞事。

「戰場原同學不是也醒了嗎？」

「因為我早上會晨跑。」戰場原同學緩緩起身說著。「為了維持這樣的身材，我花費不少心思……我的體質容易把吃進去的食物變成肉。」

「容易把吃進去的食物變成肉的體質……」

大概是委婉形容易胖體質吧。

戰場原同學在體重這方面，曾經有段時間發生過特殊狀況，或許是因而對於這方面的管理比較神經質。

老實說，戰場原同學又不是模特兒，我覺得她豐滿一點比較迷人。

手腳需要細到這種程度嗎？

看起來似乎會斷掉，有點恐怖。

「真羨慕羽川同學的體質，容易把吃進去的食物變成胸部。」

「容易把吃進去的食物變成胸部的體質……」

有這種體質嗎？

不，我在各方面也花費不少心思。

女生很辛苦的。

戰場原洗臉之後換上短褲與T恤，做起晨跑前的伸展操。

唔哇……

她身體好柔軟。

我不禁懷疑自己的眼睛。

戰場原同學的身體展現出平滑的動作，簡直像是過於精美的電腦動畫。

好厲害，好像軟體動物。

「抱歉，我可以摸一下嗎？」

「啊？右乳房？還是左乳房？」

「不，是背部……」

「右肩胛骨？還是左肩胛骨？」

「我沒有這種特殊的嗜好……」

好高明的回應。

我沒有這種能力。

我如此心想，繞到雙腳張成一百八十度的戰場原同學身後，輕推她的背。

她上半身整個貼在榻榻米上。

毫無抵抗，摩擦力零。

完全不需要按住她的背。

「身體為什麼可以柔軟成這樣……？關節的可動範圍太奇怪了吧？而且就像是關節從一開始就沒有接上……」

「唔～因為我最近迷上伸展操……受虐狂的意味。」

「有必要補充最後那句嗎？」

「這種全身軋軋作響的感覺令我上癮。」

「但好像沒發出軋軋聲啊？」

「現在已經完全不會發出軋軋聲了，好無聊。」

會覺得無聊啊……

不過，伸展操本來就是越做越有效。

或許這是她田徑社時代的鍛鍊成果……應該說是遺痕。

「羽川同學也要一起跑嗎？」

「不，我想在戰場原同學晨跑的時候做早餐，等妳回來一起吃吧。」

「不喜歡跑步？」

「並不是這麼回事……」

我反而喜歡運動。

雖然不是每天晨跑，但我也有偶爾晨跑的習慣。

只是預料到晨跑回來之後，應該又會和戰場原同學一起洗澡，我覺得用不著沒事就加入這種服務讀者的橋段。

以另一種意義來說，是猥褻橋段。

「話說，戰場原同學今天也別跑吧？妳看起來似乎很累。」

「正因為很累，才會更想跑。」

「無意間就透露出運動選手的風範了。」

曾經參加田徑社的她，精神鍛鍊這方面也無懈可擊。

這並不是非得阻止的事情，所以我協助她做完伸展操（到最後也沒有提供像樣的協助）目送她外出之後，就站在廚房開工了。

021

「唔……」

戰場原同學將沙拉裡的小黃瓜送入口中，隨即露出無法言喻的表情。

我覺得不應該在別人家的廚房動到太多器具，所以我準備的早餐很簡單。

昨天吃剩的麵包、熱牛奶、生菜沙拉、培根荷包蛋。我把料理端到矮桌時，戰場原同學還說出「哎呀，看起來真好吃」這樣的感想。

直到她一鼓作氣喝光牛奶都沒什麼問題，卻在吃第一口生菜沙拉時變了臉色。驟然改變。

「羽川同學，方便我講幾句話嗎？」

「……怎麼了？」

「啊，不，等一下。總之這種無法置信的事態，讓我抱持確信了。」

戰場原同學說完之後，繼續將沙拉送進口中嚼食，接著吃掉荷包蛋，吃掉麵包。

這段期間，她一直面有難色。

我並不是遲鈍的人，看到戰場原同學這樣的反應，大致明白她在想什麼……咦？哪個地方失敗了嗎？

我如此心想，戰戰兢兢將自己做的餐點送入口中，但我覺得沒有明顯的問題。至少不是荷包蛋焦掉，或是食物殘留清潔劑之類的狀況。

那麼，戰場原同學是對哪個部分有意見？

「唔～……」

看到我露出訝異的視線，戰場原同學發出另有含意的聲音。

「那個，戰場原同學……」

「羽川同學，妳知道沙拉醬嗎？」

「啊？」

出乎意料的詢問。
「我當然知道，就是偶爾淋在生菜沙拉的那個吧？」
「原來如此原來如此。」
戰場原同學像是理解般大幅點頭。
「關於荷包蛋，油膏派、醬油派以及胡椒派三國鼎立，妳對此有何感想？」
「啊，我確實聽過這個傳聞，有人吃荷包蛋都會加調味料。」
「嗯嗯。」
戰場原同學繼續點頭，就像是實驗得出滿意的結果。
「冰箱裡有奶油與果醬，妳有發現嗎？」
「有……何況昨天妳就有拿出來用了。啊，抱歉，妳要用嗎？」
「唔嗯……」
不過戰場原同學沒有離席拿奶油，只是撕下麵包送入口中咀嚼。
默默食用。
「我要繼續問幾個問題。」
「請便請便。」
「是關於羽川同學的飲食習慣。」
「我的飲食習慣？我覺得應該很普通就是了……」

「壽司沾醬油嗎？」

「不沾。」

「天婦羅沾醬汁嗎？」

「不沾。」

「優酪乳加糖嗎？」

「不加。」

「漢堡排或蛋包飯用番茄醬寫字嗎？」

「不寫。」

「大阪燒抹醬嗎？」

「不抹。」

「捏飯糰加鹽嗎？」

「不加。」

「刨冰吃什麼口味？」

「清冰。」

「餐後咖啡要加幾顆糖？」

「麻煩給我黑咖啡。」

「好的。」

戰場原同學結束詢問了。

感覺好像在進行心理測驗，但我如今明白她對什麼事情有意見了。

「啊啊，明白了明白了，對不起，戰場原同學習慣沙拉要加沙拉醬吧？所以才會像那樣露出奇怪的表情。」

「不，我至今都不知道有人吃沙拉不加沙拉醬。」戰場原同學如此說著。「而且我第一次看到完全不加調味料的荷包蛋，也第一次看到白麵包直接端上桌……咦？羽川同學是那種拒絕調味的人？想要直接享受食材原味？」

「嗯？」

我花了一些時間才聽懂這番話的意義，並且在稍微思考之後回答。

「啊，並不是那樣，我覺得沙拉有沒有加沙拉醬都一樣好吃，荷包蛋加油膏、醬油還是胡椒都一樣能吃，香菇山以及竹筍鄉我都一樣喜歡。」（註6）

「我們並沒有在討論香菇山以及竹筍鄉的戰爭。」

戰場原同學吐槽了。

天啊，好開心。

不枉費我刻意搞笑。

「不過所謂的料理，就算沒味道也很好吃吧？」

註6　兩者都是明治生產的老牌巧克力餅乾，各有支持者。

「決定性的發言出現了。」

「啊？我只是說有沒有味道都一樣啊？」

「這就是所謂的不打自招，而且還沒打就全招了。」

戰場原同學說著放下筷子。

並不是不吃了，而是已經吃得乾乾淨淨。這方面很像她的作風。

「我吃飽了。」

總之她先說了這句話。

「之前提到我和妳喜歡的味道相近，我要全面收回。」

她收回了。

「羽川同學，妳的狀況和偏食完全相反，形容成不挑食也有點出入。」

「戰場原同學，對不起，我至今還是聽不懂妳想表達的意思。」

「家庭的味道嗎……」戰場原同學無視於我的詢問，宛如陷入沉思般說著。「不對，不是這樣，應該說羽川同學對於任何味道都可以全盤接受……極端來說，只要能吃並且攝取得到營養就好。不，即使攝取不到營養，只要有飽足感就好……」

「不要把我講得像是戰士一樣。」

「因為吃得出味道，所以更難應付。既然不是在享受食材原味……結論就是妳寬宏大量能夠包容一切？仔細想想，執著於調味或許很奢侈，但是這種狀況輕易推翻我的常識。」戰場原同學如此說著，並且筆直注視著還在用餐的我。「不過……羽川同學，我對妳這樣的生活習慣不以為然。不只是飲食習慣，妳……」

戰場原同學在注意用字遣詞，真難得。

「……妳不應該無論好壞全盤接受。」

到最後，戰場原同學選擇了剛才就用過的話語。

「『討厭某些事物』和『喜歡某些事物』同樣重要，但妳卻無論好壞全盤接受，令我不禁認為，或許妳對我也是如此，對阿良良木也是如此。」

「嗯？」

話題變了？

話題偏離主題了？

話題格局變大了？

不，並非如此。

話題沒有改變，沒有離題，格局也維持原狀。

是在討論我的生活習慣。

羽川翼的生活方式。

「並不是我們喜歡的味道相近，只是我喜歡的味道包含在羽川同學喜歡的味道範圍……不，以羽川同學的狀況，沒有什麼『喜歡的味道』，不應該這樣形容，因為要是喜歡所有味道，就代表所有味道都一樣。」

「…………」

「羽川同學，回答我。」

戰場原同學凝視著我的雙眼說著。

她的語氣有點和以前一樣，毫無起伏。

「妳真的喜歡阿良良木？」

接著，她再度詢問。

「妳能夠親口再說一次，妳現在依然喜歡阿良良木嗎？」

022

原本我與戰場原同學今天都打算盡本分到校上課，但戰場原同學即將出門時才發現，因為她昨天撒了無謂的謊，也就是謊稱自己得到新流感，所以這週都不能上學。

「這就是所謂的聰明反被聰明誤。」

她是這麼說的，不過就我看來，卻有種紙上談兵還敗戰的滑稽感。

「如今得乖乖待在家裡一個星期了……為什麼會變成這樣？感覺像是沒做壞事卻遭受禁足處分。」

整個過程像是一場鬧劇，對於當事人戰場原同學卻是相當嚴重的事情，令她頭痛不已。不過說謊已經完全稱得上是壞事，這應該也在自作自受的範圍吧。

也類似作繭自縛。

「要被爸爸罵了……」

「…………」

高三的她似乎害怕被爸爸罵。

好可愛。

「不過阿良良木似乎也有一陣子沒辦法去學校，這樣不是剛好嗎？」

我並不是以安慰的態度，甚至是略帶挖苦說出這句話。

「說得也是。」

她非常乾脆不再煩惱了。

恐怖的笨蛋情侶。

後來只有我獨自上學。雖然正如預料，但我一到學校就面臨洶湧的詢問攻勢。其中多少難免有人是抱持好奇或看熱鬧的心態，但我很高興同學如此關心我。

今天開始正式上課。

我翻著戰場原同學說「反正一星期用不到」而借我的課本，反芻她今天早上所說的那番話。

「我一直認為，從羽川同學這種聰明人的角度來看，這個世界索然無味，對於各方面的事情可能已經有所理解，所以不會有期待或興奮的感覺。不過這種見解或許只對了一半。沒人保證我和羽川同學對於『乏味』的解釋相同，沒錯，我定下的前提就是錯的。或許有人不會厭惡『無聊乏味』的事物，講得極端一點，或許有人不會厭惡『懶散沒用』的事物，然而這是我未曾想像的事情。」

戰場原同學如此表示。

對於這種說法，我終究是連忙反駁了。

「不，我不認為這個世界索然無味，也討厭無聊乏味的事物，排斥懶散沒用的事物。」

「是嗎？感覺妳只是表面上這麼講……只是表面上這麼想。」戰場原同學沒有接受我的解釋。「我從以前就在思考一件事，阿良良木和羽川同學的差異在哪裡……你們兩人都會不惜犧牲自己也要努力協助別人，但我怎麼看都覺得你們完全不同，甚至沒有相似之處。簡單來說，阿良良木看起來是偽物，羽川同學是真物，做的事情明明一樣，卻不知為何有這種感覺……不過吃過妳做的這份餐點之後，我似乎理解了。」

「似乎理解了……？」

「吃過料理就能理解對方的為人，就像某部料理漫畫一樣。」

戰場原如此說著。

「就像《美味大挑戰》一樣。」

「都已經匿名了，為什麼還要講出來？」

「阿良良木和妳，對於『危險』的認知不同。比方說路上有一隻車禍死掉的貓，埋葬貓的行為肯定是正確的，我認為羽川同學會這麼做，阿良良木即使嘴裡抱怨，或許也會這麼做。」

「……………」

「不同之處，肯定在於這個『嘴裡抱怨』的部分。為什麼許多人對於車禍死掉的貓視若無睹逕自離開？因為埋葬這隻貓很『危險』。要是周圍知道自己是『好人』，是『善人』，會在人類社會背負相當大的風險，很有可能會受到利用。小孩子會在某個時期認為『做好事會不好意思』而故意使壞，不過真正的原因不是『不好意思』，是因為這種善良的心態，對於世上理所當然存在的『惡意』來說，完全就是易於利用的弱點。」

戰場原同學緩緩道來，提出獨特的見解。

「阿良良木應該早就明白，使壞是一種安全的做法，明白自己是『好人』將會背負何種風險，明白這樣可能會害死自己或是害慘自己，卻依然到處做著類似正義使者的事情，國中時代如此，升上高中之後也是如此。這就是他落魄吊車尾的原因，但他肯定從以前就掌握自己會落魄吊車尾的風險，明知如此繼續這麼做……不過他終究沒有掌握到死而復生的風險就是了，就像春假那樣。」

「春假……」

當時，他後悔了。

阿良良木確實曾經為自己採取的行動後悔。

然而，他也確實面對了這份後悔的心情。

這部分正如戰場原同學所說，完全正確。

相較之下，我……

「相較之下，羽川同學完全沒有理解這方面的事情……不，不對，妳肯定也早就明白會有這種風險，但妳完全不當成一回事，這應該就是重點所在。妳沒有對任何事情後悔，完全不把惡意與卑劣看在眼裡，應該說全盤接受。總覺得這番話聽起來像是在形容妳多麼了不起，但完全不是如此。我至今非常尊敬羽川同學，不過這份心意如今一下子消失殆盡。」

實際上，戰場原同學如此述說的時候，聽起來完全沒有稱讚我的感覺。

完全不像是至高無上的讚美。

戰場原同學的模樣，反倒是在……生氣。

就像是昨天早上，發現我睡在廢墟的時候一樣生氣，也可能更加生氣。

「妳用這種心態說我做的餐點很好吃，令我莫名受到打擊。比起不願意假裝高興的阿良良木還要過分。」

「戰場原同學……」

「舉例來說，羽川同學，妳覺得我這樣的生活如何？」

戰場原同學如此說著並張開雙手，展示民倉莊的二〇一號室。

「沒什麼保障的父女單親家庭，住在三坪大的老舊公寓套房，沒浴缸而且偶爾沒熱水的淋浴設施是唯一的救贖，廚房其實也很陽春，瓦斯爐只有一口，洗衣機運轉的同時使用吹風機就會跳電，妳對我這樣的生活做何感想？」

「感想……」

「沒什麼感想，對吧？這種生活不會令妳同情或倒胃吧？嗯，我覺得這樣肯定很了不起，前提是必須出現在小說或漫畫的世界，或者是歷史上的偉人事蹟，這樣我會覺得很美妙，甚至有所感動。不過羽川同學，妳是現實世界的人啊？」

戰場原如此說著。

語氣依然平靜沒有起伏，但是聽起來也像在拚命壓抑情緒，彷彿一個不小心就會控制不住音量。

「因為啊，我這個當事人就覺得這種生活爛透了。比起父母離婚前的豪宅生活，現在這樣更像人類應有的生活？更有活著的感覺？我完全沒有這種類似悟道的念頭，完全不覺得貧窮比起富有更像人類應有的生活，反而認為貧窮會令人愚鈍。我爸爸也一樣，拚命工作想還清債務脫離這種生活，他埋首工作的程度，即使身體什麼時候垮掉都不奇怪，這一切都是基於『不可以這樣下去』的危機感，但妳沒有這樣的危機感，即使認知到危機當前，卻絲毫沒有危機感，所以才能在那種廢墟過夜。」

「被妳這麼一說……」

我無從招架。

想反駁也無法反駁。

「妳大概是過於潔白，過於白淨無瑕了。叫愚蠢的傢伙繼續愚蠢下去的無情心態，叫懶散的傢伙繼續懶散下去的殘酷心態，妳肯定都不會明白。『缺點是美德』這種只算是惡意的話語，妳更不可能試著理解，完全不知道『肯定缺點』會造成何種無法挽回的後果。全盤接受是一種錯誤的做法，要是這麼做，任何人都不會想要努力，會失去上進的意願，但妳卻對愚蠢或懶散毫無戒心，明知是受人利用還是不由得行善，明知會和群體格格不入卻堅守倫理，怎麼會有如此恐怖的事情？妳居然能在這種生死一線間的人生完好如初活到現在，只有這一點令我佩服。綜合以上可以得出一個結論，妳不是什麼好人，不是聖人也不是聖母，只是對於黑暗極度遲鈍。這樣的妳……在野性這個層面落榜了。」

落榜。

第一次有人對我說這兩個字，令我有點失落。

後來因為上學快遲到了，對話至此告一段落，但無論是上學途中以及正在上課的現在，戰場原同學的這番話，一直縈繞在我的心中。

不是什麼好人，只是對於黑暗極度遲鈍。

落榜，落榜，落榜，落榜。

白。

過於潔白。

白淨無瑕。

白——白得極端。

「…………」

……不過，正在上課的現在，我很在意戰場原同學在課本空白處畫的塗鴉，難免覺得這番話不著邊際，很難讓我聽進去。

每一頁都畫了《鋼之鍊金術師》的圖。

而且畫得超好。

她這樣的考生也太誇張了。

023

我想，我肯定令戰場原同學心煩。

到最後，戰場原同學說出來以及想說出來的事情，我理解的程度甚至不到一半，但我隱約認為應該是這麼回事。

真的是隱約認為。

就只是隱約認為。

到了午休時間，我離開教室前往餐廳吃午餐。平常我都是自己帶便當，但我終究沒辦法在別人家的廚房做自己的便當。

不，被戰場原同學說到那種程度，即使是在自己家的廚房，我應該也不會有心情做便當。

自己家。

如果這種玩意真的存在，我想我應該也能正常做出有味道的料理吧。

「……啊。」

在走廊前進一陣子的時候，正前方有個熟悉的人影——神原駿河學妹。

神原學妹是從另一邊反方向往我這裡走過來（而且她光是正常行走，看起來就似乎心情很好，從這個距離就看得出她正在哼歌），所以在同一時間發現我。

「喔喔！」

此時，她發出不像是在走廊發出來的響亮聲音，以不像是在走廊跑步的速度跑向我。

宛如瞬間移動的速度。

她的兩撮頭髮在下一刻才抵達。

「這不是羽川學姊嗎！好久不見，很高興看到您這麼有精神！」

「……嗯。」

她情緒好亢奮。

已經不是開朗的程度了。

我不知該做何反應，只能點頭回應。

看來她似乎還不知道羽川家失火的消息，不過從神原學妹的個性來看，也有可能是明知這件事卻依然維持這樣的調調。

禮貌滿分，但是貼心零分。

這就是神原學妹的個性。

「其實我正要去找戰場原學姊。」禮貌滿分貼心零分的神原學妹如此說著。「請問她在教室嗎？」

「那個……」

有種「果然如此」的感覺。

不用強調。

即使神原學妹剛才用那種速度衝過來，我也不認為她有急事找我。基本上神原學妹只對戰場原同學有興趣。

她會就讀這所直江津高中，甚至也是跟著戰場原同學的腳步而來。

但她狹隘到恐怖的視野，似乎因為阿良良木而擴展開來了。

總之，我很羨慕她的這份率直。

也可以說是專一。

至少戰場原同學看到這樣的神原學妹，應該不會感到心煩。

而是堅強。

應該會覺得堅強可靠吧。

神原駿河——直江津高中二年級學生。

她從國中時代就是戰場原同學的學妹（也就是和我就讀同一所國中，但我國中時代不認識她，只有單方面聽過她的評價），與戰場原同學合稱為「聖殿組合」。

神原學妹的「神」與戰場原同學的「戰場」＝「神之戰場」，兩人「原」這個字的發音分別是「val」與「halla」＝「valhalla」，所以是聖殿組合（註7）。依照我後來聽

註7　北歐神話裡，英靈集結的神殿。

到的消息，這是神原學妹自己命名的，原本覺得這名字取得很帥氣，不過聽到是由當事人取名，就覺得隱約有種遺憾的味道。

順帶一提，她是直江津高中最有名的學生。直江津高中是私立升學學校，完全沒有投注心力在運動與社團活動，她卻帶領女籃社打進全國大賽，是令人瞠目結舌的明星（不過說真的，老師們對此頗為頭痛，覺得她立功也應該看場合）。

不過看到她左手包裹的繃帶就知道，她已經提早退休了。

猿猴。

記得神原學妹的狀況是……猿猴。

話說回來，球隊時代的神原學妹，留著很有運動員風格的中性短髮，如今在我面前的神原學妹，雖然沒有把頭髮綁成辮子，卻已經留到我之前的長度了。

先不提頭髮留長的速度快得像妖怪，神原同學變得有女人味了。

應該說，變可愛了。

她變成現在這樣的原因，應該和戰場原同學變成現在這樣的原因一樣。

是因為阿良良木。

擴展視野嗎……

「戰場原同學今天請假……她得了新流感。」

……我成為說謊共犯了。

但這是情非得已。

追根究柢，戰場原同學是為我才說這個謊，所以我不得不配合串供。

把真相告訴神原學妹或許也無妨，但她的口風似乎不緊。

感覺她非常大而化之，一個不小心就會講出不該講的事情，而且事後不會反省。

用不著看開，就已經完全放開了。

「喔，新流感嗎……」神原學妹略為驚訝如此回應。「這就是所謂的『鬼之霍亂』吧？」（註8）

「…………」

她對尊敬的學姊也是口不擇言。

禮貌滿分貼心零分——依照阿良良木的說法，神原學妹是個「很有禮貌進行失禮行徑」的人，這次應該就是一個淺顯易懂的例子。

但她或許只是把這句話當成慣用語罷了（我不認為她知道「霍亂」的意思）。

如果是阿良良木，這時候應該會一針見血吐槽糾正錯誤，但我和神原學妹的交情沒有好到能夠這麼做，所以只有用含糊的笑容與沉默回應。

笑咪咪。

「……啊，不應該這樣形容嗎？」

註8　日本諺語，意指鐵打的身體也會生病。

想法傳達給她了。

好高興。

唔～但她是朋友的朋友（無論是經由戰場原同學或是阿良良木），難以拿捏彼此的距離，傷腦筋。

不過以這種狀況，正因為對方是神原學妹，這種困擾更加明顯。

「唔～這樣啊，戰場原學姊不在嗎，怎麼辦……」

還以為神原學妹知道戰場原同學請假之後會直接轉身回教室，她卻雙手抱胸露出苦惱的神情。

至於我，要是不趕快前往餐廳，就得和其他用餐的學生人擠人了，但我沒辦法留下這樣的神原學妹逕自離去。

「有事找戰場原同學嗎？不介意的話，我可以陪妳商量喔？」

「唔～……」神原學妹思索片刻之後說：「那就用羽川學姊湊合一下吧。」

……這樣完全只是失禮。

一點都不禮貌。

我覺得這部分終究得勸誡她一下才行。

「其實，阿良良木學長剛才傳了郵件給我。」

不過神原學妹忽然拿手機畫面給我看，她的氣勢令我開不了口。

包含「校內禁止使用手機」，「手機必須關機」，「既然是剛才收到，就表示妳在上課時收郵件？」之類的話語，也一起被封殺了。

被畫面顯示的郵件內文封殺。

『今晚九點到二樓獨自教室有話問妳』

「……學姊覺得這是什麼意思？」

「沒別的意思吧……」

這麼短的句子，不可能有什麼解釋的空間，更不用考慮是暗號的可能性。字詞排列有點亂（「獨自到二樓教室」才對），不過應該只是代表當時處於慌張狀態。

「就是阿良良木有問題要問神原學妹，要妳在今晚九點獨自到二樓教室吧？」

「果然是這樣嗎，唔……」

神原學妹輕哼一聲，表情非常正經。

「就我推測，阿良良木學長……今天也請假吧？」

「嗯。」

我點了點頭。

她在某些奇怪的細節很敏銳，應該說莫名抓得到對話的重點。

不容小覷。

「但他並不是得了新流感……他從第二學期開學就一直沒來學校。」

我為求謹慎前去詢問保科老師，他昨天果然也沒來學校。而且因為我、戰場原同學與阿良良木同時缺席，班上傳出了各式各樣的流言蜚語。

流言蜚語……真希望不要這樣。

請不要傳這種東西。

神原學妹再度輕哼一聲。

「阿良良木學長也令人傷腦筋呢，把見面地點定在二樓教室也太籠統了，他不曉得直江津高中到底有幾間校舍嗎？」

「不，應該不是指學校的校舍，應該是那間補習班廢墟吧？」

「啊，原來如此。」

神原學妹說得一副現在才發現的樣子。

她在某些奇怪的細節很遲鈍。

「不過既然這樣，打個電話聯絡不就好了？其實我剛才就一直在打電話，可是都打不通。」

「…………」

我這時候的沉默，當然不是要勸誡神原學妹在校內打手機的行徑，是因為得到新情報之後，完全無法預測阿良良木現在到底處於何種狀況。

原本以為是和真宵小妹有關……可是為什麼要找神原學妹？

該說不像他的作風嗎……

毫無頭緒。

「換句話說……這是約會的邀請吧！不接電話肯定是因為在準備意外的驚喜！」

「不對，不覺得從字面上來看，應該是更加嚴肅的狀況嗎？」

居然覺得是意外驚喜，她的思考邏輯太令人不敢領教了。

而且她是當真這麼認為，所以令人驚訝。

光是對話就如此消耗精神！

「是嗎是嗎，那我明白了。雖然今晚想看一本書，但既然是阿良良木學長找我就不得已了，我將會排除萬難赴阿良良木學長的約！」

「排除萬難……」

只不過是有本想看的書……

這種講法過於誇張又過時，搞不好她越是認真越容易被當成在胡鬧，以這種意義來說，這孩子的個性很吃虧。

她應該不會令人心煩，但她的這份率直依然令人擔心。

「那個，神原學妹……」

「嗯？什麼事？」

「那個……」

我原本想說幾句話，最後卻沒能好好表達，只能說出這兩句話。

「保重喔，幫我向阿良良木問好。」

「明白了。那麼羽川學姊，謝謝您告訴我這些事情！」

「別這麼說……不客氣。」

「聽到學姊家失火，我以為您會心情低落，不過看來沒這回事，所以我放心了！不愧是羽川學姊！」

「咦……」

原來她真的知道。

知道卻以這種方式應對，太誇張了。

慢著，可是她說我心情沒有低落……？

「那麼，祝您武運昌隆！」

神原學妹說完舉手示意，沿著原路回去了。

不是用跑的，是用走的。

原本想說她要是又在走廊奔跑就要說她幾句，但她似乎不是隨時都在跑。

這種隨機特性令人頭疼。

「…………」

既然神原學妹已經離開，我——包含挽回時間的要素在內——必須盡快前往餐廳才行，但我無法離開原地一步。

並不是受到神原學妹最後那番話的影響。

阿良良木的現狀更加令我在意。

現在阿良良木肯定陷入某種困境，這已經是確定的事實，他在這種時候找神原學妹，肯定因為他想對神原學妹「詢問的事情」，是脫離困境的必備要素。

感覺比「純粹求助」嚴重許多。

「…………」

所以我覺得不合理。

阿良良木肯定是基於某種必要而寄郵件給神原學妹，所以他求助的對象不是我，是神原學妹——我覺得這種想法不合理。

但是，我真的這樣覺得嗎？

我非常清楚現狀，並且也能夠接受，這應該就是我令戰場原同學「心煩」的部分。但如果因而說我個性潔白，我還是無法苟同。

對於能夠收到阿良良木郵件的神原學妹，我感到羨慕。

而且著實感到憤怒。

對於阿良良木沒有寄郵件給我——我感到憤怒。

024

我在強烈的自我厭惡感之中踏上歸途。

我曾經想過拜託神原學妹帶我一起去，不過既然郵件內容有寫到「獨自」，我就應該有所克制。我至少明白這一點。

所以我是在遲疑是否要將這件事轉達給戰場原同學。阿良良木是她的男朋友，按照常理應該要轉達給她，但她肯定會為此擔心。何況以她的個性，應該會率直向阿良良木生氣。

我就這麼無法得出結論，抵達民倉莊。

「哎呀，羽川同學，歡迎回來，今天真晚。」

「嗯，因為我去了一趟超市，補充早上用掉的食材……」

門打開的時候，我察覺到室內除了戰場原同學，還有另一個人。

將銀灰色頭髮後梳綁起來的男性。

筆挺的西裝造型，看起來認真正經，以早期的方式形容，就像是企業戰士。

外在給人的印象，也像是律師或政府官員，但我知道並非如此。

我曾經聽戰場原同學說過。

她的父親，是外資企業顧問。

「初次見面。」

此時，對方先開口打招呼了。

坐在矮桌旁邊的他，特地起身低頭致意。

「我是黑儀的父親。」

「啊……那個……」

我不知所措。

這麼說來，戰場原同學確實有提到她父親今天會回來，但我沒想到這麼早。

不愧是外資企業，時間很彈性。我佩服著這種莫名其妙的事情。

「我是羽川翼。不好意思，昨天在府上借住了一晚。」

「嗯。」

戰場原同學的父親點頭之後不再說話，給人沉默寡言的感覺。

沉默的伯父使得氣氛很凝重，我就這樣在玄關不敢脫鞋。

「泡個茶吧。」

他看了我一眼之後說出這句話，並且前往廚房，將水壺放在爐上燒開水。

這句話與這個動作，瞬間解除緊張的氣氛，總之我敢脫鞋了。

鬆了口氣。

我看著戰場原同學的父親，坐在戰場原同學的身旁。

「羽川同學，抱歉，爸爸比預料的還要早完成工作，所以比預料的早回家了。」

羽川同學輕聲說著。

「沒關係，我不在意，畢竟是我冒昧過來叨擾。」我輕聲回應。「不過既然這樣，其實妳可以先用郵件或電話通知我一聲。」

「不，想說這樣可以嚇妳一跳。」

「…………」

我確實嚇了一跳。

想到阿良良木每天都會面臨這種驚喜陷阱，其實幸福的他應該過得挺辛苦的。

「令尊好帥氣呢。」

我如此說著，絕非客套話。

原來如此，我不知道戰場原同學認真到何種程度，但難怪她自稱有戀父情結。和這樣的父親相依為命，同班男生在她眼中只像是孩子吧。

阿良良木能夠從這種審美觀勝出，雖然我內心有點複雜，但我覺得他很了不起。

常言道，女性喜歡的對象是以父親為範本，不過基於這樣的意義，正在準備茶水的戰場原伯父與阿良良木完全不像。

與其說是不同類型，已經可以形容為異質了。

何況阿良良木即使裝酷，即使號稱「不動之沉默者」，實際上卻很愛說話，和真正沉默寡言的戰場原伯父可說是完全相反。

何況——以下的說法完全是冗語贅述，戰場原伯父帥氣是帥氣，不過從任何層面都是「父親」角色，也就是「爸爸」的帥氣，而不是異性的那種帥氣。

換句話說，我想表達的意思就是……

……不行不行，不可以分析朋友的父親。

我明明已經不再做這種事了。

嗯。

看來，忽然出現的「爸爸」角色令我稍微動搖了，我居然做出這種事。

雖然這麼說，我也沒做什麼事就是了。

即使我不是平凡的女生。

何況我沒有動不動搖的問題，我內心並沒有「父親」與「爸爸」的形象。

即使有一個應該稱為父親的人，我也不知道要稱呼誰為父親。

一無所知。

「學校有發生什麼怪事嗎？」

戰場原開始閒話家常，就像是不想再提父親在場的事情。

這種神經大條的作風，確實令我想向她看齊。

「怪事？」

「阿良良木有到校嗎？」

她似乎是想問這個。

我猶豫片刻之後，覺得隱瞞事實還是不太對，決定說出學校發生的事情。

「寄郵件給神原？」

「是的，似乎是這次要處理的事件需要神原學妹協助……但因為郵件內容太短，不知道他找神原學妹的原因。」

「真令我不悅。」

戰場原同學出乎意料直接表露情緒，以不悅的表情如此說著。

不只是率直生氣的程度，這是暴怒了。

而且對象不是阿良良木，是神原學妹。

矛頭不是指向男朋友，是學妹。

我立刻後悔說出這件事。

要是聖殿組合因而出現裂痕，那該怎麼辦？

「居然讓阿良良木把我放在一旁向她求助，這下子該怎麼修理那個女人？首先從內臟……」

「戰場原同學，妳的角色設定回到改頭換面之前了。」

「啊……」

戰場原同學察覺到這一點，捏自己的臉頰展露笑容。

這種過於勉強的笑容，我看得好痛心……

「關於這一點，我想應該有道理可循。不只是阿良良木有事情要問神原學妹，而且她和我或是戰場原同學不一樣，怪異依然留在她的左手吧？」

「確實有留著……猴掌。」戰場原同學如此說著。「所以與其說是需要神原，應該說需要神原的左手？」

「不過這只是推測。」

我認為事情沒這麼單純，不過大致推測的話，這種可能性很高。

「既然要依靠神原的戰鬥力，事情又演變成必須開打的場面？」

「很難說。不過說到戰鬥力，現在的阿良良木有小忍，我認為他並不一定是要找打手。」

都是推論。

我與戰場原同學甚至不曉得阿良良木正處於何種狀況，這樣的我們討論再久，也不可能得出結論。

「所以，羽川同學有何打算？」

「什麼意思？」

「要去他們約見的地點嗎？還是不去？無論阿良良木處於什麼狀況，去那裡就能見到他吧？」

「……我有想過，但我不打算去，感覺去了似乎會礙事……」

「這樣啊。」

戰場原點頭回應我的答案。

「那我也不去。」

「是嗎？」

我一直認定戰場原同學會主張過去找他，還預測接下來會展開直言不諱的議論，該說意外嗎，我有種期待落空的感覺。

我都已經想好要如何勸阻堅持前往現場的戰場原同學了。

「我決定把音訊全無當成平安的證明，何況這次似乎和神原猴掌事件不同，他沒有隱瞞真相的意思，甚至可以說是光明正大。他應該知道，只要寄郵件給神原，我和羽川同學也會知道消息。」

確實如此，可是……

「……妳不去？」

「不去。」

我為求謹慎再度詢問，戰場原同學則是如此回答。

「我和羽川同學的想法一樣，感覺去了似乎會礙事，何況我覺得自己在其他地方幫得到忙。」

最後那句意義深遠的話語，我完全不知道是什麼意思，總之就是這麼回事了。

把音訊全無當成平安的證明。

這也是信賴的證據。

就像這樣以有利的方式解釋吧。

「……不過，怪異殘留在體內的人，似乎不只是阿良良木與神原。」

「啊？還有別人嗎？」這句話令我納悶。「我們身邊剩下的怪異，就只有阿良良木的鬼和神原學妹的猴子吧？」

「一點都沒錯喵。」

戰場原同學不知為何，在回答時加上貓的語尾。

我對此想要進一步詢問，但戰場原伯父在這時候端了三人份的茶與茶點過來，所以我們的悄悄話就此打住。

不，即使他花費更多時間準備茶水，這個話題應該也會就此打住。

因為在這個時候，民倉莊二〇一號室響起敲門聲。順帶一提，這裡沒有門鈴。

「喔，似乎來了。」

看戰場原同學立刻起身，似乎是預定來訪的客人。

不過即使是預定來訪，對方究竟是誰？我對此稍微提高警戒，不過戰場原同學開門之後，我看到門外的女孩就理解一切了。
也明白戰場原同學昨天所說的「妙計」是什麼了。
無須說明，也無須引介。
位於門外的是阿良良木的妹妹──「火炎姊妹」阿良良木火憐與阿良良木月火。

025

似乎進行過這樣的對話。
「哎呀哎呀，幸會幸會，這不是火憐妹妹嗎？居然會在這種地方巧遇。」
「喔喔，這不是戰場原姊姊嗎，居然會像這樣在我家門口遇到，真的好巧。」
「是啊，簡直像是我用手機導航功能，徹底調查妳的回家路線之後埋伏在這裡等妳，呵呵。」
「啊哈哈，或許真的有笨蛋會這樣誤會喔～這世界盡是笨蛋喔～很遺憾，像我這麼聰明的人很少見的。咦，不過戰場原姊姊，您不用去學校嗎？」
「學校？那是什麼？」
「沒關係，不知道就算了……」
「沒啦沒啦，我知道，這是原式笑話。今天我有些棘手的事情要處理所以請假。記得火憐妹妹就讀的國中，直到今天都只有半天課吧？」

「沒錯，不過戰場原姊姊來得真不是時候，難得有這個巧合，我想您應該想見哥哥一面，不過很抱歉，哥哥現在不在家，從新學期剛開始就不見蹤影了，不過我認為這是哥哥尋找自我之旅第二彈，等他回來肯定就能打出龜派氣功了。」

「尋找自我之旅並不是這種武者修行吧……不，沒事。」

「或許可以打出ＥＶＡ破了。」（註９）

「我覺得阿良良木沒這種天分……啊，這麼說來，我剛好忽然想到一件事，換句話說就是無意之中想到，妳知道羽川同學家失火嗎？」

「啊？」

「啊，抱歉抱歉，我問了蠢問題，身為正義使者，在火炎姊妹負責實戰，將這座城鎮的和平一肩扛起的阿良良木火憐妹妹，肯定知道這個大消息才對。」

「嗯？啊，嗯嗯，那當然，我知道我知道，我正想現在就去拜訪翼姊姊，探望她現在過得好不好。」

「幸好是上學時間發生的事情，所以羽川同學沒有受傷，不過因為家被燒掉，她今晚沒地方過夜了。」

「啊？是嗎？」

註９　日文「龜派氣功」和「ＥＶＡ破」最後一字音同。

「妳不知道？」

「不，我知道我知道，我正想主動提及這個話題，戰場原姊姊怎麼搶先了呢？」

「對不起。不過真的匪夷所思呢，羽川同學那麼好的人，居然在這個世界上找不到能夠安心熟睡的床，簡直荒唐不講理至極了，真是的，如果這個世界存在著正義，我好想質疑正義究竟在做什麼。」

「……………」

「其實就是因為虛有其表的正義完全不肯出力，我今天才會請假不去上課，到處尋找羽川同學的睡床。啊，這麼說來，在羽川同學遭遇困難的這個時候，火憐妹妹還是有正常上學吧？上得開心嗎？」

「……………」

「啊，抱歉抱歉，對火憐妹妹講這個也無濟於事，妳只不過是阿良良木曆的妹妹，終究是平凡的國中生，把阿良良木的標準套用在妳身上，這種期待會成為過於沉重的負擔，畢竟哥哥是哥哥，火憐妹妹是火憐妹妹。」

「……………！」

「啊啊，事情發生在這種節骨眼也太差勁了，真是的，如果阿良良木這個時候在，肯定不會棄羽川同學於不顧，我沒別的意思。不過，火炎姊妹（笑）是吧……」

「（笑）？」

「把這件事說給沒有哥哥就一事無成的火憐妹妹聽，只會造成妳的困擾吧，真的很抱歉。我不是故意要為妳添麻煩，妳和羽川同學不一樣，正在盡情享受人生，困擾的人只要有羽川同學就足夠了。不知不覺講了這麼久，那我該走了。畢竟我已經明白，如同這個世界沒有正義，這個世界也沒有羽川同學的睡床。」

「等一下～！」

「啊？什麼事，怎麼了？」

「這個世界有翼姊姊的睡床……而且也有正義！」

…………

戰場原同學就像這樣，巧妙引導火憐妹妹讓妙計成立。

不對，我認為這不足以用巧妙來形容。反而有種守株待兔的感覺。

真要說的話，她挑選的對象不是參謀月火妹妹，而是個性單純的火憐妹妹，這部分勉強稱得上是策略。

所以，我來到阿良良木家了。

我位於阿良良木家的客廳……

「翼姊姊別客氣，把這裡當成自己家放寬心吧。」

「沒錯～羽川姊姊，就當作自己家吧～儘管當作自己家吧～！」

火憐與月火妹妹如此說著，並且為我準備茶水。

火憐妹妹從冰箱取出冰麥茶，月火妹妹從廚房取出玻璃杯，兩人的動作乾淨俐落，而且不用事先討論就分工合作。

火炎姊妹（笑）……更正，火炎姊妹的默契確實不同凡響。

無須言語，心意就能相通。

當作自己家嗎……

其實這不是我第一次進入阿良良木家，至今前來叨擾過不少次。畢竟我曾經擔任阿良良木的家庭教師（但上課地點不在阿良良木家，是在圖書館），尤其是火憐妹妹上次高燒病倒的時候，我還厚臉皮待到深夜。

不過該怎麼說，明明來過這麼多次了，卻是第一次以「客人」身分受邀前來。

莫名令我緊張。

應該說，有種異常不自在的感覺。

「…………」

阿良良木火憐與阿良良木月火。

阿良良木的妹妹。

越看越像。

簡直可以說一模一樣。

雖然這樣形容很奇怪，但他們宛如年齡有段差距的三胞胎。

不過他們的個性，應該說他們的角色設定有相當大的差別。火憐妹妹是愛好格鬥技充滿男子氣概的女生，月火妹妹則是看起來溫柔賢淑卻意志堅強的女生。

……令我驚訝的是，和上次遇見時相比，兩人的髮型都變了。

火憐妹妹剪掉很有特色的馬尾變成鮑伯頭（和以前的戰場原同學與我一樣是直瀏海），月火妹妹則是把長髮綁成一條粗粗的麻花辮，像是圍巾一樣繞在脖子上（現在是夏天，她不熱嗎？）。

「到頭來，翼姊姊用不著這樣看外面吧～」

火憐妹妹只拿著自己的麥茶坐在沙發上。

她所說的「看外面」，應該是「見外」的意思吧。

「如果沒地方過夜，第一時間說一聲就行了，哎，其實我一直在等翼姊姊主動開口，但是覺得翼姊姊可能會難以啟齒，所以就像這樣主動提議了。」

她還沒察覺是被戰場原同學引導的。

「早就知道羽川家失火」這句謊言，如今最相信的就是她自己。別說擔心她的將來，她現在就已經是危險國中生了。

「是啊～這是火憐主動提議的呢～」

月火妹妹如此說著，並且晚一步端著她與我的麥茶前來，坐在火憐妹妹身旁露出笑容。看來她是知道狀況而接受戰場原同學的提議。

嗯。

這孩子挺黑心的。

順帶一提，火憐妹妹是國中三年級，月火妹妹是國中二年級。

她們穿著相同的衣服（栂之木二中的制服）並肩而坐，看起來真的就像是雙胞胎（站起來會有身高差距，所以不像雙胞胎）。

「話說回來，麥茶既然是『麥』與『茶』兩個字組合而成，所以麥茶努力一點就會變成啤酒嗎？」

火憐妹妹忽然以熟稔的態度閒聊。

她拿捏距離感的方式好誇張。

這並不是邀客人進屋五分鐘就能講的話題。

真希望她先緩和我的緊張。

「追根究柢都是用大麥當原料，不過麥茶是以炒過的大麥沖泡，啤酒是經由發酵釀成的，所以……」

先不提「努力」這種形容是否正確，這兩種飲料確實很像親戚。原本我想回答這兩種飲料完全不一樣，但火憐妹妹的這個問題，意外指出兩者的本質。

「這樣啊～難怪我喝麥茶會亢奮。」

但是結論令人遺憾。

火憐妹妹發出咕嚕咕嚕的聲音，一鼓作氣喝掉整杯麥茶，真豪邁。

話說回來，我仔細看這個茶杯，才發現似乎是高級品。

巴卡拉的水晶玻璃杯？（註10）

用「茶杯」來稱呼甚至有失禮節。

而且從火憐與月火妹妹的使用方式來看，她們大概不曉得杯子的價值……

阿良良木家，原來算是富裕階級？

「總之，羽川姊姊。」

月火妹妹朝火憐妹妹看了一眼如此說著。

她似乎已經習慣火憐妹妹的豪邁作風了，不愧是妹妹。

「要是沒地方住，請儘管住我們家。剛好哥哥這陣子都不在家，所以就住哥哥房間吧。」

「阿良良木的房間……」

「嗯，彈力好到有剩的那張床閒置沒人用。」

這——我知道。

而且可以說是戰場原同學這個妙計的重點。

該怎麼說，這個妙計就像是利用火憐與月火妹妹令人憐愛的純真，以及火炎姊妹

註10　法國的高級水晶工藝品牌Baccarat。

的正義感，令我難免感到某種程度的內疚。但她們兩人的態度完全出自於善意，我也不能過度客氣。

戰場原同學應該是看透我會有這種想法，才會把這個點子稱為「妙計」不肯透露詳情。

刻意讓我一無所知。

她獨自背負起所有扮黑臉的部分。

安排讓其他女人（而且是我）住進自己男朋友的家，我實在摸不清她究竟基於何種心態，不過這或許是她至今未曾改變的自我懲罰傾向。

她應該是忍痛做出這樣的決定。

想到這裡，火憐妹妹剛才說出的想法，晚一步刺入我的心。

見外。

說一聲就行了。

等我……主動開口。

借住戰場原同學家的時候也一樣，我未曾主動求救。我覺得這肯定和忍野先生所說「人只能自己救自己」的理由完全不同。

是的，我應該是……自暴自棄。

未曾想過自己救自己。

我再度回想起戰場原同學今天早上那番話。

我接受乏味的結果。

對於黑暗極度遲鈍。

在野性這個層面落榜。

「……翼姊姊，妳怎麼在發呆？表情變得好像笨蛋耶？」

「…………」

這孩子講話真不留情。

居然說我表情好像笨蛋。

「果然是家裡失火受到打擊嗎？這種事情，我只知道在《櫻桃小丸子》的永澤身上發生過。」

「……嗯，沒關係，不要緊的。」

我如此回答。

明明不可能不要緊，我卻回答她不要緊。

「不過說得也是，我就恭敬不如從命暫時借住了，住到阿良良木回來。」

雖然不知道會是什麼時候，但和我應該稱為父親與母親的那兩個人找到房子的時間相比，不知道哪邊比較快。

兩邊的時間都說不準，即使深思也無濟於事。

「請多指教。」

「請多指教～！」

「請多多指教。」

不知為何握手了。

因為是三個人，反倒像是在圍成一圈打氣。

我們接下來是要打排球比賽嗎？

我不知道戰場原同學如何向她們解釋羽川家的家庭狀況（而且戰場原同學不清楚羽川家的家庭狀況），但我率直感謝她們沒有過問。

「翼姊姊，來開睡衣派對吧！」

「容我推辭。」

「來玩摔角吧！」

「容我拒絕。」

「哎呀～我是長女，所以一直嚮往能有個姊姊，借住的這段時間，我可以直接叫妳姊姊嗎？」

火憐妹妹說出這種像是千石妹妹會說的話。

月火妹妹面帶微笑看著這樣的火憐妹妹，這樣就看不出來誰是姊姊了。

此時，我察覺到一件事。

雖說是察覺，但我從一開始就知道了。

「對了，既然要在這裡叨擾好幾天，得向令尊令堂打聲招呼才行。」

至今造訪阿良良木家的時候，基於阿良良木、火憐與月火妹妹的意思，我都沒有好好拜會過三人的父母。即使火憐與月火妹妹再怎麼歡迎我借住，要是家長不准，我就非得離開這個家。

唔～會是什麼結果呢？

如果是有良知的大人，對於我這種像是網咖難民到處借住的女高中生，照常理應該會對我說教，說服我回到家長身邊吧。

「這方面應該沒問題。」月火妹妹如此說著。「我們與哥哥是爸媽的孩子，所以他們的個性和我們差不多。」

「咦～……可是……」

「他們都擁有熱血的正義感，不會把遇到困難的人轟出家門。」

月火妹妹不知為何充滿確信。

這麼說來，我完全不知道阿良良木的父母是怎樣的人。

我沒見過他們，真要說的話也是理所當然，不過主要在於阿良良木很少提及這方面的事情。對父母的事情三緘其口是男高中生的自然生態，所以我並沒有特別在意，何況阿良良木似乎不擅長和父母應對。

不過……正義感？

而且是熱血的正義感？

感覺不太自然。

「火憐妹妹，月火妹妹，我想問個問題當作參考，記得之前有提過，妳們家是雙薪家庭吧？」

「嗯。」

兩人一起點頭回應。

「今天應該六點左右會回來。」

「……請問他們從事什麼工作？」

兩人異口同聲回答。

「警察。」

…………

我不禁覺得難怪阿良良木要隱瞞，同時也覺得這世界沒救了。

026

當然歷經了一番波折。

女兒們評為擁有熱血正義感的阿良良木夫妻，依然有著一般大人（以及警察）的良知，也對我的狀況不以為然。

即使如此，事情還是比想像的來得順利，雖然絕對不算積極，但他們最後還是表示「既然有這種隱情就沒辦法了」准我借住。

火憐與月火妹妹拚命說服也是一大助力。他們果然是阿良良木的父母。

何況他們兩位和阿良良木很像。

順帶一提，「家族」相似不只是因為基因遺傳，生活模式相同也是一大主因。住在同一個屋簷下，以相同的步調生活，吃相同的食物，既然打造身體的材料相同，成品自然就差不多，這是淺顯易懂的道理。

相對的，羽川家成員的步調與食物都不一樣，難怪沒有相似之處。

所以，若是一家人擁有相似的容貌與個性，就可以斷定這個家庭擁有某種程度的整體感。以這一點來看，阿良良木家是個健全的家庭。

受邀共同享用晚餐時的光景，也令我如此認為。

原來這就是家族的對話。

感覺新奇的我也加入他們的對話，不過阿良良木的母親向我追根究柢打聽兒子的事情，令我有些不敢領教。

接著是洗澡。

這麼說來，三天沒泡澡了。

不知道是不是成為慣例，這次是和火憐與月火妹妹一起洗澡。終究太擠了！

「翼姊姊不會故意耍個性耶。」

這是在浴缸裡的對話。

三人塞滿浴缸，就像是實驗「電話亭能夠擠進多少人」的光景。火憐妹妹在這種毫無情趣可言的擁擠狀況如此說著。

「該怎麼說呢，或許因為我是笨蛋才有這種想法吧，不過我在學校跟聰明的傢伙說話時，對方經常會用一些莫名艱深的字句，引用一些我不想知道的典故，讓我懷疑對方到底聰不聰明。不過翼姊姊雖然頭腦很好，卻會和我用相同的立場說話，這讓我覺得好窩心。」

「沒錯。」

月火妹妹也如此附和。

她在浴室解開辮子，就看得出頭髮好長。

這孩子留頭髮的速度，似乎更勝於神原學妹。

簡直是妖怪等級。

「不過火憐，實際上似乎就是這樣喔。真正聰明的人……應該說運動方面也一樣，跟這種『一流的人』講話，就會發現他們意外平易近人，完全沒有明星架子。正因為是真物，所以不需要任何矯飾吧？」

「…………」

莫名有種被奉承的酥癢感覺。此外，關於月火所說「一流的人意外平凡」的論點，我認為確實如她所說，不過我認為自己不是這樣的人。

我並不平凡。

而且……不聰明。

應該沒人比我更加矯飾，更加充滿表面工夫吧。我在黃金週事件，在文化祭前日的事件，都體認到這一點。

即使抗拒也得體認。

體認到令我抗拒。

「我經常想，聰明人眼中的光景是什麼樣子。」火憐妹妹如此說著。「即使是相同的事物，在他們眼中看來或許也不一樣。圓周率在我眼中只是數字串，在愛因斯坦眼中就是美麗的數列吧？」

「這就不清楚了。」

我含糊回應。

這是很難回答的疑問。

實際上，無論是圓周率還是黃金比例，某些天才可以在這種數學的機能美找出價值與意義，但我不認為這種感性是聰明的必備要素。

世上的聰明人之中，應該有人只會把圓周率當成普通的數字串，反之亦然。

只是個體差異，並非條件。

火憐妹妹和愛因斯坦眼見光景的差距，以及火憐妹妹和月火妹妹眼見光景的差距，應該沒有太大的差別。

「一部以第一人稱著作的小說，如果從其他視點來寫，我覺得會成為完全不同的小說。例如華生博士撰寫的事件紀錄，和福爾摩斯本人撰寫的事件紀錄，兩者的風格就明顯不同。」

這麼說來，夏洛克·福爾摩斯的事件紀錄，也有上帝視點寫成的短篇。

但那應該不算是客觀的世界，不算是正確的世界。

上帝並非不會出錯。

比方說，會不小心創造出人類這種生物。

……話說回來，火憐妹妹以重量訓練打造出緊實美麗的身體，月火妹妹相對擁有較為稚嫩的可愛身體，和這樣的她們緊貼在一起，就會心想「阿良良木平常都和這樣的妹妹和樂相處」，在某種程度理解到他行為古怪的原因。

類似這樣。

然後，三人出浴。

百圓商店購買的內衣都穿過了，原本想說今晚忍耐一下，把沒洗的內衣再穿一次，不過火憐妹妹借了一套全新內衣給我穿。

而且也借我睡衣。

到這個地步還在客氣也很奇怪，所以我率直接受好意，將兩者穿上身。

「咦？不過這套睡衣，是不是男用的？」

「嗯～啊啊，那是哥哥的。」

嗚啊！

我穿上阿良良木的睡衣了……

我看向鏡子裡的自己。

這種「搞砸了」的感覺是怎麼回事？

但要是現在脫掉，似乎反而會過度在意……不，這是藉口。

都已經穿上了，要脫掉也會有另一種抗拒感。

「這樣啊，尺寸剛剛好呢。」

所以我努力說出這種不算遮羞的普通評語，刷牙準備就寢。

不過，這件事終究不能告訴戰場原同學吧……

後來我在兩人的帶領之下，前往阿良良木的房間。

仔細思考就會發現（用不著思考也會發現），完全沒得到阿良良木的許可就入侵阿良良木家，又借睡衣穿又借床睡，要說我目中無人恣意妄為也不為過。

只是得到家人以及女朋友許可就做到這種程度，他應該無法想像吧。

原本覺得應該寄封郵件知會，但目前完全不知道阿良良木的狀況，所以我依然有所顧忌。

我現在穿著阿良良木的睡衣喔～！

要是我寄出這樣的郵件，即使他真的收得到，或許會對他正在面臨的嚴肅狀況造成顯著的影響。

何況看向時鐘（我上次有機會進房的時候就察覺了，阿良良木房內不知為何有四個時鐘，但我覺得他不是那麼注重時間的人……），現在已經晚上九點多了，想到他應該正在和神原學妹見面，就覺得，莫名有種，嗯……就是這樣。

有所顧忌。

「那麼，翼姊姊晚安。房裡的東西可以自由使用。」

「羽川姊姊晚安，明天見。」

阿良良木姊妹離開之後，我獨自待在阿良良木的房間，不知道接下來該做什麼。

其實用不著思考，唯一該做的只有睡覺。

即使想依照平常的習慣看點書，手邊也只有學校的教科書，而且是戰場原同學借我的。

不然明天到圖書館借點書看吧……如此心想的我，不經意看向阿良良木的書櫃。檢查書櫃。

火憐妹妹剛才說「可以自由使用」，但這裡是阿良良木的房間，我還是沒辦法亂來。不過拿書櫃上的書來看，應該在能被容許的範圍。

和上次進入這個房間的時候相比，陳列的書目變了不少。阿良良木說他不會扔書，所以似乎是把沒看完的書放在書櫃，看完的書則是收進壁櫥。

小說意外地多。

從他平常的言行舉止，會令人覺得他大多在看漫畫。

我隨便抽出一本外國小說，朝著桌子坐下閱讀了一個小時左右。不過桌椅傳來阿良良木的感覺，我完全沒有把內容看進去。

關燈上床的時候，已經超過十一點了。

即使如此，想到我正穿著阿良良木的睡衣、躺在阿良良木的床上、靠著阿良良木的枕頭，我就完全無法入睡，應該是到了將近凌晨才真正睡著。

不能怪阿良良木。

冒出這種想法的我，真不像話。

027

主人總算在十二點過後入睡，所以我照例登場喵。

不過，我居然是在那個人類小子的房間醒來，這在黃金週完全無法想像喵。緣分天註定，有緣千里來相會喵。

而且主人也令我傷腦筋喵。

戰場原黑儀安排到這種程度的真正用意，我並不是不知道，不對，也有可能是誤解，但至少我覺得這方面很可疑喵。

就算這喵說，我也做不了任何事喵。

因為我終究是主人本身喵，不可能做出主人做不到的事情喵。

想到這裡就覺得悲傷又無力喵。

「好啦……」

我從床上起身，跪伏下來拉直背脊——貓的伸懶腰動作喵——然後開口確認。

「……不過怎喵會這樣喵，既然我會像這樣出現，就代表主人肯定感受到心理壓力……但我搞不懂壓力的真相喵。原本認定是因為家裡失火，不過既然我到現在還會出現，原因應該不只是火災而已喵……」

這次的我似乎是這喵回事。

黃金週那時候，我幾乎就是主人本身，文化祭前日的那次，從我與主人的聯繫程度來看，也可以形容我是檯面下的人格喵。不過這次的ＢＬＡＣＫ羽川，人格幾乎和主人完全獨立喵。

是因為每次出現都會成為更加獨立的怪異喵？我腦袋不好所以不清楚，而且那個討厭的夏威夷衫小子，應該會用不同的方式解釋喵。

「不過出來越多次就越方便了喵，只能在主人睡著的時候現身，這個限制其實也很寬鬆喵，之前那兩次，那些傢伙光是要老子回去就費盡心力喵，喵哈哈，還找那個矮冬瓜吸血鬼幫忙喵。」

「汝說誰是矮冬瓜吸血鬼？」

「喵？」

居然有聲音回應我的自言自語喵。

仔細一看，不知何時……不知何時？並非這喵回事，而是宛如開天闢地之前就一直位於那裡，在房間裡……更正，在房間上面，雙手抱膝坐在天花板。

金髮幼女。

忍野忍就在那裡喵。

上次看到的時候，她戴著一頂附有防風眼鏡的安全帽，但她似乎不戴了喵。

而且上次見面，以及黃金週那次見面的時候，她總是喵無表情。如今該怎喵說，她露出悽愴的笑容俯視我喵。

……總覺得即使現在再怎喵樣也算是會露出笑容了，但是之前喵無表情的時候似乎比較可愛，怎喵會這樣喵？

「哼。」

吸血鬼高傲出聲。

一副完全瞧不起我的態度喵。

實際上，我對上這丫頭的戰績是兩戰兩敗，她當然有資格擺出這種架子喵。無論是以BLACK羽川或是障貓的身分，以怪異的級數來說，我完全望塵喵及，連她的腳邊都搆不著喵。

「貓，久違啦……吾不清楚汝為何位於吾主之寢室，但追究怪異出現之原因就不知趣了，又不是那個夏威夷衫小子。」

吸血鬼這麼說喵。

嗯……

其實我也想問她「為什麼在這裡」，所以就當成扯平喵。

「話說，咦？記得妳之前不是被關在那個人類小子的影子裡喵？」

依照主人的記憶，肯定是這樣喵。

所以既然這傢伙在這裡，那個人類小子會在這裡也不奇怪，但是那小子並喵有貼在天花板喵。

這種恐怖的光景不存在喵。

「哎，平常確是如此，但目前發生頗為異常之狀況。」

吸血鬼就這麼坐在天花板說話喵。

「吾與吾之主——也就是忍野忍與阿良良木曆之連結，目前處於切斷狀態。」

「切斷……喵？」

我歪過腦袋喵。

聽不懂喵。

「換句話說，又回到那個夏威夷衫小子不見蹤影前之狀態……不，比當時之狀況更棘手，因為吾不清楚吾之主身在何處身歷何事，實在是……哼。」

吸血鬼說到這裡，像是哼笑般看向我喵。

「告訴汝亦無濟於事。」

居然懶得講了喵。

不過這是正確的判斷喵。

我聽不懂兩行以上的對話喵。

總之，那個人類小子現在似乎真的陷入困境喵。說真的，對那個小子來說，和這個吸血鬼切斷連結，應該是相當嚴重的狀況喵？

還找了猴子過去。

那小子現在到底發生啥事喵？

雖然我喵道理擔心（何況我討厭那小子），但要是主人知道終究會擔心喵。基於這個意義，這傢伙在我出現的時候，也就是在主人睡著的時候前來，可以說來得正是時候喵。

「吾抱著一絲期待，想說吾之主說不定已經返回自宅，卻發現汝位於此處，感覺宛如江戶之仇報在長崎之身。」

「…………」

連我都知道她用錯諺語喵。

不過能理解她想表達的意思喵。

總之，雖然喵有這麼做的道理，但我就告訴她喵。

不是糾正諺語用法，是提供人類小子的情報喵。

「妳的主人在今晚九點的時候，應該是在那間補習班廢墟喵，要跟那個猴子女人會合喵。」

「會合？然而事到如今找猴子……啊啊，是這麼回事嗎，原來如此，吾之主這次想得還算周詳，以那個丫頭之狀況，血統之意義會比怪異重要。」

「血統？」

「沒事……汝提供了好情報，這樣就沒有白跑一趟了，值得嘉許。原本想吸汝之血宣洩心情，就打消這個念頭做為謝禮吧。」

居然打算做這喵危險的事情喵。

千鈞一髮喵。

「還是說以吸血做為謝禮比較好？汝為那名女孩之心理壓力，吸掉汝應該能讓那名女孩舒坦些……」

「哈，這就不用了喵。」

聽她這麼說就發現確實如此，實際上，前兩次就是因為我被這傢伙吸掉，主人才會「得救」，但這次的狀況不太一樣喵。

這次的我和至今的我不同，肯定是因為背負重要的使命喵。不是基於合理的原因出現，是背負不適合怪異的使命出現，可惜我還不知道是什喵使命喵。

但是肯定有喵。

「嗯，原來如此，汝等同於新品種之怪異，因此吾不清楚汝之底細，夏威夷衫小子也有不清楚之處，所以在這方面不能輕易下判斷，說穿了，至今之汝與本次之汝，如同『魔鬼終結者』與『魔鬼終結者2』有所差別。」

「雖然聽起來淺顯易懂，不過身為吸血鬼的妳可以打這種比方喵……？」

這傢伙意外趕流行喵。

是那個人類小子放影片給她看的喵？

「總之無論如何，吾吸汝之血只是權宜之計，終究是治標不治本，並不是可以反覆使用之方法。」

「沒錯喵。」

我也同意喵。

使用權宜之計——以蠻力解決問題毫無意義，最清楚這一點的不是別人，正是我喵。

何況，不可以忘記喵。

雖然像這樣宛如理所當然大方現身，但我終究是主人檯面下的人格，不應該光明正大四處張揚喵。

應該在暗地裡細水長流慢慢努力喵。

「檯面上與檯面下……其實是表裡一體吧？即使這種說法太誇張，至少也可以形容為正反兩面。雖然吾之主亦為半斤八兩，但汝同樣像是會在無謂之處白費力氣，徒勞無功之類型。」

「嗯？」

「總之，接下來這個故事耳熟能詳，肯定存在於汝主人之資料庫，但這是活了五百年之吾別有含意之回憶，汝就閉嘴乖乖聽吧。這是關於拿破崙皇帝之傳奇——據說他每天只睡三小時。」

「啊啊……」

主人確實擁有這件事的知識。

應該說這件事過於出名，其實任何人都知道喵，甚至連那個無知的人類小子也知道喵。

不過這件事居然是她的回憶，這就不得了喵。

「這又怎樣了喵？和我在主人睡覺時出現有什喵關係喵？」

「不，並不是要扯上此事，所以汝就聽吧。」

「正在聽喵。」

「然而另一方面，這個皇帝喜歡洗澡也出了名，據說一天會花六小時以上之時間洗澡，以現代人物來譬喻就是靜香。」

「…………」

繼「魔鬼終結者」之後是「哆啦A夢」喵……

這傢伙的知識偏差得有問題喵。

「但因為各界聲浪，靜香之狀況總有一天亦會遭到管制吧……應該說現實上已經遭受管制了。這麼說來，懷念之早期作品『小超人帕門』片尾曲畫面，現在回想起來實在不妙，三號女超人老是露內褲……雖然是『現在回想起來』之事，但依然和前述作品有相同際遇，即使相關條例尚未訂立，管制的魔掌已經在各方面發威，何其悲哀啊。」

「抱歉在妳講得像是事不關己時插嘴，不過要是相關條例訂立，首先會遭受管制的不是別人正是妳喵。」

再怎喵樣，也輪不到妳擔心藤子不二雄老師喵。

「說得也是，喔，離題了。」

「嗯，如果這就是妳不惜要我閉嘴也想說的事情，這段肯定會在修稿的時候刪掉喵。」

如果是這樣，這個吸血鬼究竟想說什喵，我至今還是不知道喵。

滿腦子問號喵。

那個皇帝洗澡時間之長，和他睡眠時間之短同樣出名喵。真要說的話，沒有到「傳奇」的程度喵。

「至於吾得知這兩件事之後，就有某種想法。」吸血鬼以裝模作樣的語氣說著。「既然這樣，他洗澡時肯定有睡著吧？」

「…………」

啊啊。

原來如此，兩項傳奇串聯起來就變成這樣了。先不提真相如何（依照主人的知識，那個皇帝在洗澡時也勤於辦公），不過這是其中一種見解喵。

「有時候就像這樣，就某方面來說堪稱異常之癖好，串聯起來就會得出極為符合常理之結論，如同負負得正，兩件不可思議之事相乘，就成為正當之現象。歸根究柢，看似不同之事物，或許會在意外之處有所關連，這就是吾要表達之意。切割表裡分開思考毫無意義，或許汝確實是從羽川翼之人格切離而成之ＢＬＡＣＫ羽川，但吾認為兩者沒有確切之差異。」

吸血鬼如此說著，露出悽愴的笑容。

「就吾所見，怪異和人類並無兩樣。」

「……這樣啊。」

聽她這喵說，就覺得心情稍微舒坦，並且極為沉重。

我和主人──並無兩樣。

即使早已明白、認知，並且自稱，重新聽她這番話還是會這喵想。

「不過既然這樣……我更不應該被妳吸血了喵。」

「就是如此，不只是以專家立場，基於怪異之特性，自然消失亦為最佳結果。」

「所以，吸血鬼。」

我想到一件事。從吸血鬼剛才那番話，想到一件事。

所以開口了。

「既然妳想答謝，可以回答我一個問題喵？」

「嗯？吾不在意，但長話短說啊，吾必須盡快趕往吾之主身旁。既然會面時間為晚間九點，他不一定還位於該處，若不盡快趕去，那個窩囊傢伙這次確實會沒命。」

雖然這傢伙看似悠哉，實際上卻巴不得立刻出發喵。

所以我依照她的要求直接詢問。

「知不知道虎的怪異喵？」

「虎？」

「對，老虎喵。」

食肉目貓科的哺乳動物。

「牠正在這座城鎮閒晃喵。」

「虎之怪異要多少有多少，光是吾所知之種類就相當多，若是加上那個夏威夷衫小子的知識……隨便都超過五十種。」

吸血鬼如此回答。

喵。

傷腦筋喵。

我聽不懂五十這種數字喵。

「哎，我也擁有主人的知識，不過這樣就無從辨別喵，只知道那是非常難應付的怪異，卻完全想不到牠的真實身分喵……」

「畢竟命名是用來將真實身分定型之手段，吾之忍野忍是如此，汝之ＢＬＡＣＫ羽川亦是如此。因為不知道名字而不知真實身分，才會引發恐怖懼怕之情緒，就是這麼回事。身分不明之個體比任何個體都要恐怖，匿名社會之恐怖並非現代才開始。除了虎還有哪些線索可循？」

「是一隻很大的虎喵。」

「虎大多龐大，若為嬌小之虎尚有線索可循。」

「唔～速度非常快喵，轉眼之間就會被超前擋路喵。」

「虎大多迅速，若為不動之虎尚有線索可循。」

「唔～還有會講話喵。」

「講話？」

吸血鬼對此產生反應喵。

而且相當明顯喵。

「動物外型卻會講話之怪異嗎……該怎麼說，挺稀奇啊。不過得到此線索之後，反而有種更加無法捉摸之感覺。」

吸血鬼說完之後站起來了喵。

因為她踩在天花板，「站起來」這種形容方式很奇怪喵。

但她俐落以大腿夾住連身裙裙襬避免脫落，舉止還算端莊喵。

可惜金髮全部往下垂喵。

「何況，若是這種身分不明之怪異在城鎮遊蕩，吾不可能察覺不到。」

「嗯？」

聽她這麼說，確實如此喵。

先不提她之前放任我這種小角色到處鬧事，但如果是如此強大的怪異四處徘徊，這位怪異之王不可能不會注意到喵。

因為她是鐵血、熱血、冷血的吸血鬼，所有怪異都是她的食物喵。

「……等一下，但妳現在喵時間做這種事吧？雖然我不清楚狀況，但那個人類小子遇到天大的危機，連結也被切斷……」

「正因如此，吾不能在這種狀況對怪異視而不見……這可是晴天霹靂啊？換句話說，汝見過那隻虎？」

「是的喵。」

不，不對。

我有見過，但是在這之前……

「我的主人見過，所以我也見過喵。」

「這麼一來，這部分或許是重點。換句話說，這是汝等才看得見之怪異——汝等才看得見之虎。」

「…………」

「但只是推測，抱歉吾無法成為助力，謝禮後續再補吧。」

吸血鬼說完之後，悠然在天花板踏出腳步要從窗戶離開，應該是要前往那間補習班廢墟喵。

……我暗自哼聲心想，這傢伙並沒有提供怪異真實身分的情報，我沒道理繼續對她釋出善意，但是剛才確實讓她多浪費了一些時間喵。

就送她一程當作彌補喵。

並不是為了那個人類小子喵。

「喂，吸血鬼。」

「貓，何事？」

「送妳一程喵。我一跳就能跳到那座廢墟喵。」

「…………」

「用不著警戒喵，現在的妳應該不能飛，也不能跳得像是在飛喵，這對我來說易如反掌，卻可以節省三十分鐘喵。」

「……哼。」

吸血鬼只在瞬間露出猶豫（應該說抗拒）的表情，就輕盈從天花板落地……不，落在床上。床墊很有彈性，所以她無謂彈起來翻了一個觔斗，但還是穩穩著地了，了不起喵。

「可以靠汝？」

原本以為這個自尊心強的吸血鬼或許……應該說有很高的機率會拒絕我的提議，卻幾乎是不加思索就接受喵。

事態就是如此嚴重喵。

說得也是喵。

仔細想想，雖然她說得輕鬆，不過她與那個人類小子的連結被切斷，這不只是棘手的事態，應該說是天大的危機喵。

換句話說，代表那個人類小子現在沒有不死特性喵？

這個吸血鬼能在天花板或坐或站，不就代表她恢復了吸血鬼特性喵？要是那小子失去不死特性，狀況真的很危險喵。

那個傢伙能夠活到現在，幾乎都是多虧擁有不死特性，如今卻失去了喵。

「……當然可以靠我喵。」我點了點頭。「相對的，只能到附近喵，這是主人的意思喵。主人似乎不想妨礙那個深陷險境的人類小子喵。」

「喔……這種做法很像那名女孩之個性，但此為明智之判斷。啊啊，吾想起來了，她在春假曾經吃過一兩次苦頭，曾經因為擅自進行輕率的行動，使得吾之主陷入更嚴苛之困境。」

「唔～」

我也有這段記憶喵。

雖然我當時並不存在，卻擁有這段記憶喵。

就我的看法，感覺不能單純形容為「陷入困境」，不過大致是這喵回事喵。

「能夠從中得到教訓，那就再好也不過了。就這麼辦吧，能送吾到附近就已經幫了大忙。」

「ＯＫ喵。」

我抱起吸血鬼，而且是新娘抱喵。

我的能量吸取，在碰到這個吸血鬼的時候就已經發動，但吸血鬼不以為意喵。有夠遲鈍喵。

我打開窗戶踩在窗框上。雖然一樣是赤腳，不過回來再擦就行了喵，幸好這個房間有溼紙巾，似乎是人類小子的打掃用具喵（他真愛打掃喵）。

這喵說來，這個吸血鬼是從哪裡進房喵？即使不經意有這個念頭，不過對方是怪異，思考這種問題無濟於事，所以我沒有多想就起跳了喵。

起飛了。

朝著叡考塾遺址而去喵。

不過，我與吸血鬼都沒有抵達那棟建築物喵。不對，確實有抵達該處喵。
因為我就是朝著那裡，鎖定著地位置跳過去喵。
只不過……沒能抵達喵。
因為在該處著地之後，應該存在於那裡的建築物——補習班廢墟不見了喵。
只剩下斷垣殘壁喵。
曾經是阿良良木曆與忍野忍藏身之處，忍野咩咩居住數個月，主人、戰場原黑儀、神原駿河與千石撫子都留下難忘回憶的補習班廢墟，燒得精光了喵。

052

發生了什麼事～！
052！
章節編號一個晚上跳到變兩倍！
終究會在意吧！
不行不行，我沒辦法視而不見！
我睡著的時候，到底發生什麼事！
到底是經歷多麼浩瀚的冒險，才會一下子跳過二十五個章節！

相當於一本小說分量的劇情沒有交代！

總之，這種胡鬧的上帝視點先放在一旁，如今我終究覺得事有蹊蹺了。

「…………」

廢墟床鋪的狀況，還算是可以解釋。

自己苦心親手打造，充滿手工感的那張床令我產生親切感，這種情緒會強化床鋪的舒適感令人睡得香甜——或許我內心多少有這種感覺吧。至於我能在戰場原同學家睡得香甜，也可以解釋成前一天歷經外宿廢墟的嚴苛考驗形成動力使然。

這兩種說法看似矛盾，合起來看卻不是無法令人認同。

就像是拿破崙那兩段軼事一樣。

……我幾時想到皇帝的這種小故事，這一點暫且不提（不像我會有的想法）。

可是，躺在阿良良木的床上熟睡？

我做得到這種事？

不只是前一天的疲勞完全消除，而且心如止水？

這種事，絕無可能。

雖然這麼說很丟臉，但我鑽進被窩之後就緊張起來，換個不知羞恥的說法就是興奮不已，完全無法入睡。

我親身體驗戰場原同學「無法以父親被褥入睡」這句話，基於這個意義，昨晚肯定會是睡得最不舒服的一次，何況我現在穿著阿良良木的睡衣。
換言之，宛如以全身感受著阿良良木。
要是這樣還能安眠，我身為女生的那一面已經永眠了。
即使形容成沒能入睡過於誇張，我也應該睡得很淺才對。
然而……這種爽快感。
清爽的早晨。
很明顯是異常狀態。
明顯奇怪，明顯詭異。
明顯怪異。
「……嗯。」
我緩緩起身，檢查自己的身體。如果我發生了什麼事，肯定會留下痕跡。
是我多心嗎？
單純只是我比自己想像得還要神經大條？還是並非如此？
能夠釐清這個疑點的證據，肯定留在某處。
而且我立刻就找到了。
首先，我借穿的這件阿良良木睡衣，先不提睡衣染上我的體味，但我隱約聞得到泥土的味道。

要是講「泥土的味道」不好懂，講「戶外的味道」或許比較好懂。

「……我在睡著的時候跑到外面？」

就像夢遊患者那樣？

我低語彎曲身體，就像是擺出沒教養的盤腿姿勢，進行慢跑前的伸展操，順便調查雙腳——主要是腳底。

然而，腳底什麼都沒有。

二十三點五公分的腳。

很漂亮。

「可是……」

此時，我的目光投向阿良良木書桌（雖然這麼說，這張桌子應該是最近才開始用來讀書應考）上的溼紙巾盒。

位置果然和昨天不一樣。

大約差了三毫米。

我下床看向書桌旁邊的垃圾桶，正如預料，裡頭有幾張用過的溼紙巾，而且沾滿沙土。

我抱持著某種預測，看向自己的手。

雙手和腳底一樣乾淨美麗，然而指甲縫就不是這麼回事了。

殘留著些許髒汙。

相當狂野的彩繪指甲。

「俗話說，犯罪證據殘留在指甲縫……不過這可不是鬧著玩的。」

我如此說著前往窗戶。

雖然並不是一定從窗戶外出，但依照黃金週的記憶，應該不會刻意循規蹈矩從走廊下樓打開玄關大門外出。

從最近的出口——窗戶做為離開路線，是最為合理的選擇，而且這個推測歪打正著，窗鎖是開啟的。

昨晚上床就寢之前，我當然有確認窗戶上鎖，曾經被戰場原同學責備成那樣，當然會在這方面謹慎一點，如今卻是這種狀況。

換句話說，某人在我睡著的時候打開窗鎖，既然房內只有我，打開窗鎖的人只可能是我。

「先不提是否有犯罪，不過好像逐漸被名偵探逼上絕境的犯人。」

不過，推理小說裡的犯人，應該不會到處留下這種明顯的證據。如果是這種狀況，名偵探福爾摩斯應該也提不起勁，而是扔給蘇格蘭場的警員們辦案。

犯人是貓妖，這種案件或許意外適合傳統風格的名偵探處理——我如此心想。

我宛如要找出最後的鐵證，回到床邊拿起枕頭。

這是阿良良木的枕頭。不過這件事和本次事件無關。

只是一下子也好，只要我變成「那樣」的時候有躺過這張床……

「……有了，決定性的證據。」

我從枕頭捏起一根頭髮。

頭髮是隨時生長替換的東西，所以不問男女，任何人睡覺時都會脫落幾根，這是理所當然的事情，問題在於我拿起來的頭髮是「白色」。

白髮。

不對……應該形容為白毛？

是的，不是人類的頭髮，類似動物的體毛……

「原來如此……我又變成障貓……變成ＢＬＡＣＫ羽川了。」

雖然不願相信，也不願思考這種事，但是既然證據確鑿，逃避現實也沒有意義。

總不能像是文化祭前日的那次一樣，直到頭上直接長出貓耳都不肯承認……我想到這裡驚覺不妙，以書桌上的鏡子確認。

不要緊，沒長出來。

還沒長出來。

……雖然這件事和現狀完全無關，不過阿良良木總是在書桌上擺一面鏡子，令我覺得他或許意外自戀。

好怪的男生。

好了，不提這件事。

「不過整理一下就發現，不只是貓耳，和上次或是上上次相比，各種細節都不一樣。不只沒有頭痛做為前兆，還能在沒有阿良良木的狀況下復原，所以……」

接下來單純只是推測。在廢墟過夜的那時候，以及借住戰場原同學家的時候，我肯定都產生了「ＢＬＡＣＫ羽川化」的現象。雖然只是推測，但應該八九不離十。

因為以這種方式，才真正能解釋這種「神清氣爽」的感覺。

然而……恢復了。

我恢復成我了。

「是因為已經習慣變成ＢＬＡＣＫ羽川嗎……就像是阿良良木能夠充分運用吸血鬼的不死特性那樣。」

不死特性……

不知為何，這個詞似乎也隱約牽動我內心某處……不，這種感覺很模糊。

我睡著的時候，真的發生了某些事情。

確定發生了某些事情。

某些非常重大的事情……

「……不過，我大致能想像自己為何又變成ＢＬＡＣＫ羽川。」

住家的火災。

只有這個可能。

因為ＢＬＡＣＫ羽川是我心理壓力的具體呈現，會代為背負我無法背負的情感，是我檯面下的人格。

「應該不是再度為了宣洩壓力作亂……不然就會留下更顯眼的痕跡了。」

不過，這是我基於個人期待的推測。

無論如何，自己的記憶出現空白，令我感到不自在。

「傷腦筋……這份壓力，也可以請ＢＬＡＣＫ羽川代為承受嗎？」

我說著這樣的玩笑話，開始換裝。

逃避現實沒有意義，即使確定我又會化為ＢＬＡＣＫ羽川，實際上依照現狀也無計可施，而且我必須去上學。

理應找阿良良木或忍野先生商量，但他們都不在。

以住家失火的心理壓力為藉口再度缺席——我並不是沒有這種念頭，但如今已經確定這份壓力扔給自己以外的地方了，所以我不太願意做出這種事。

而且說真話，我想詢問神原學妹昨天是否有見到阿良良木，確認阿良良木是否平安。我不知道她的手機號碼與郵件網址，想問她就只能當面詢問。

「也可以透過戰場原同學間接打聽……不過戰場原同學很敏銳，她或許會察覺到我再度化為ＢＬＡＣＫ羽川。」

不。

以她的能耐，或許早已察覺了。

而且總覺得她早有暗示……

「羽川姊姊～」

就在我換好制服的時候，門外傳來月火妹妹的聲音，令我嚇了一跳。

不妙。

這裡是別人家，我自言自語的聲音太大聲了嗎？

她聽到了？

還好，似乎不是這麼一回事。月火妹妹繼續說：

「醒了嗎～？沒醒的話請起來吧～要開飯了～！在阿良良木家，大家一起吃早餐是既定原則喔～！」

「……嗯，明白了～」我如此回應。「放心，我醒了，我立刻過去。」

「好～」

隨著可愛的喊聲，腳步聲沿著走廊離去。

有種期待落空的感覺。

阿良良木以「被打醒」形容每天早上被妹妹叫醒的狀況，講得一副相當令他困擾的樣子，不過用這種可愛的方式叫起床，到底有什麼好困擾的？

真是的，這樣不好。

阿良良木的那種說法，會令人誤以為他會在睡夢中被鐵撬攻擊。

如此心想的我再度照個鏡子，打算在前往客廳之前先去洗臉臺，拿起隱形眼鏡盒離開阿良良木的房間。

喵。

053

一起吃早餐是既定原則。

……就我所知，阿良良木似乎總是推翻這個原則，但現在暫不過問。

阿良良木應該不想聽我說，而且我也不想說，但他似乎不太能拿捏自己和家人之間的距離。和火憐與月火妹妹的距離就不用說了，也包括和父母的距離。

不過，加入「父母任職警界」這項情報來判斷，似乎會得出稍微不同的含意。

「羽川小妹。」

在出發上學之前——火憐與月火妹妹的國中比較遠，她們半小時前就走了——我在玄關說聲「我出門了」握住門把時，阿良良木伯母叫住我。

「我不知道妳家是什麼狀況，而且暫時不打算問清楚，但妳現在離開父母身邊，還在我們家說出『我出門了』這句話，妳不可以認為這是理所當然，只有這一點絕對不行。」

「…………」

「我們可以招待妳，但是沒辦法成為妳的家人，即使火憐與月火再怎麼把妳當成姊姊仰慕也一樣。啊啊，別誤會，我不是指妳造成我們家的困擾，畢竟火憐與月火很高興，而且羽川小妹是曆的朋友，我們也希望好好款待妳，曆現在開始用功讀書，似乎也是多虧妳的協助。」

「……您客氣了。」

我如此回答。

該怎麼說呢，阿良良木的母親和阿良良木很像，卻有一雙像是看破紅塵的眼神。

像是一位對人生達觀的人。

原來如此，即使除去警官這個要素，我也隱約明白阿良良木不擅長面對母親的原因了。

「不好意思，似乎害伯母費心了，不過我家的狀況沒什麼大不了，該怎麼說，只是有一點摩擦……」

或是不和。

或是扭曲。

「……只是如此而已。」

「父母和子女有摩擦，就已經是一種虐待了。」阿良良木伯母如此說著。「所以，遭遇問題的時候隨時求救吧，可以找公家機關，不然也可以找曆求救，他雖然是那種個性，但還算可靠。」

「好的……」

關於這方面，我明白。

我非常明白阿良良木多麼可靠。

我一直明白這一點。

然而，我儘可能不去依賴他。

沒能依賴他。

「家族並不是不可或缺，但如果有家族就應該感到高興。這是我基於母親立場的想法。」

「基於……母親立場。」

「羽川小妹，一個人要是遇到討厭的事情，即使逃得遠遠的也無妨，但如果只有移開目光不算是逃避，因為要是妳甘願安於現狀，外界就無從著手改變……或許妳可以先從這一點出發。」

阿良良木伯母以這番話送我出門，她的「路上小心」花了不少時間。

真的是為母則強，了不起。我不禁有這種詼諧的感想。

有種被好好訓了一頓的感覺，但我並沒有覺得不舒服。

「母親」嗎……

這也是我活到這個年紀，依然不知道的事物之一。

我至今，到底在做什麼？

不只夜晚，也包括白天。

「只有移開目光不算是逃避嗎……真是意義深遠的一段話。」

我打從心底佩服。

與其說是阿良良木會講的話，更像是忍野先生會講的話。

所以我細細品味這句話，並且前往學校。然而在上學途中，一幅令人「想要移開目光」的光景出現在我的正前方。

真的，我甚至想當場向後轉，沿著原路往回走。

一名金髮金眼的少年，沿著我要走的路接近過來。從身高來看和我年齡相近，但他有一張不能只以童顏來形容，而是清楚留著稚氣的娃娃臉，看起來大概是國中生。

如果說他是男國中生，那對宛如總是瞪著前方的金色雙眼，眼神未免過於凶惡。

即使如此，他不像春假那時候一樣，扛著巨大的銀製十字架，光是如此，就讓他表面上看起來正經許多。

「呃……」

我真的很想繞路迴避，不過在我做出這個決定之前，對方就發現我了。

他輕呼一聲，以過度凶惡的金色雙眼看著我。

四目相對了。完全對上。

「喔～喔～妳是……咦，是什麼人來著……就是上次差點被我宰掉的傢伙吧？咯咯咯，超鮮的啦。」

這名男性——吸血鬼混血兒，又是吸血鬼獵人的他——艾比所特說出這番話，以打從心底愉悅的表情指著我。

「……您好。」我低頭致意。「久違了……艾比所特先生。」

他似乎沒有這方面的芥蒂，但我難掩尷尬的情緒，而且完全表露在語氣上。

然而，確實如此。

如他所說，我不久之前——在春假期間，差點被他殺害。

不，實際上要說已經被他殺害也不為過，因為腹腔內臟有一半被打爛。

他原本是追著傳說中的吸血鬼小忍來到這座城鎮，為了除掉小忍，和小忍收為眷屬的阿良良木決鬥，並且在決鬥時發生這個慘痛事件。

擅自介入男人對決的我是自作自受，但他對此毫無悔意。

「艾比所特先生，聽說您後來立刻返回祖國……為什麼再度來到這座城鎮？」

我戰戰兢兢如此詢問。

因為我擔心他或許是再度前來「收拾」阿良良木與小忍，阿良良木現在捲入的麻煩事，也可能起因於此。

忍野先生應該已經使用專家的手腕，將這方面的事情打理妥當，但忍野先生也不是萬能，有可能因為某些疏失，使得他們的事情曝光。

不過聽到我的詢問，這位吸血鬼混血兒（他受到陽光照耀也不怕，可以從早上就外出活動）咧嘴露出凶惡的笑容。

「超鮮的啦。」他如此說著。「不准叫我艾比所特先生，我的年紀還沒大到可以叫做先生，也沒有立場讓別人用敬語對我說話。」

「啊？」

可是即使是混血兒，終究還是吸血鬼……壽命應該很長吧？

「壽命長並不代表年紀大吧？超鮮的啦。原本應該要保密，但因為很有趣就告訴妳吧，其實妳年紀比我大得多，因為我在今天這個時間點是六歲。」

「六歲？」

我的驚訝明顯反應於言表。

或許我的反應正如期待吧，艾比所特先生……更正，艾比所特露出開心的表情。

「我下個月生日，到時候就七歲了。我的吸血鬼血統，似乎是成長快速的怪異，所以我繼承了這種特性。」

「…………」

「總之，這就是所謂的人不可貌相，但我並非人類就是了。」

艾比所特小弟就此打住這個話題，我也無從確定真假。

或許他這番話只是在捉弄我。

不過，既然他說人不可貌相，比起年齡，我更希望他能說明另一件事。現在明明是太陽高掛的八月天，他卻和春假一樣穿著白色立領學生服，令我感到疑問。

或許吸血鬼混血兒對於炎熱毫無感覺。

這樣啊……

原來他不是高中生，也不是國中生，以年齡來說是小學生，比小忍或真宵小妹還要年幼……

別說直接以名字稱呼，說不定稱呼他「艾比所特小弟」也不奇怪，換句話說他不是娃娃臉，反而應該歸類為少年老成。

我難免覺得，事到如今公開這種隱藏設定也沒什麼用。

這種虛構青少年也太誇張了。

「話說，你沒有帶那把十字架？」

「嗯？是啊，那當然，帶著那種東西上大街，肯定會顯眼得不得了吧？」

嗯……看來他姑且會注意這方面的事情。

「……所以，願意回答我為什麼再度來到這座城鎮嗎？」

「啊～？居然在意到這種程度？不過我欠妳一份人情，就回答妳吧。」

艾比所特如此說著。

之前差點害我沒命的那件事，他似乎只當成「欠人情」的程度。

我稍微鬆了口氣。

「我也還不知道自己來這裡要做什麼，我是忽然受命前來，搭深夜巴士在今天早上抵達的。」

「深夜巴士……」

他的作風異常平民。

甚至想吐槽他又不是觀光客。

「還有，你剛才說受命？」

「我和德拉曼茲路基或奇洛金卡達不一樣，基本上是獨立的吸血鬼獵人，所以當然有受命的狀況，任何人只要付錢都能雇用我，我是以私念行事的傭兵。」

「不問工作內容就接受委託？」

「因為酬勞是事先付清，而且基於某個隱情，我不得不接，總之工作內容是什麼都無妨，任何對手只要交給我處理，我都能以不留後遺症的前提宰掉。」

「……既然這樣，你也接受打虎的委託嗎？」

「打虎？」艾比所特露出純樸詫異的表情。「那個……我是專門收拾吸血鬼的獵人，要打虎有點困難……這是怎樣？將軍大人強人所難嗎？」

「將軍大人……」

他為什麼會知道一休宗純的軼事？

文部省推薦的那部動畫，在國外也很受歡迎嗎？（註11）

唔……

最後，他沒有說出重返這裡的原因（我努力想要打聽，但他自己也不知道就沒辦法了），但我覺得他這個人意外健談。

春假的時候，我和阿良良木發生了很多事，明明實際上只接觸過短短幾個小時，對艾比所特卻有各種成見，實際在太陽高掛的時間見面，才知道他是這樣的人。

「朦朧幽靈影，真面目已然揭曉，乾枯芒草枝」就是這麼回事。

平凡到令人大失所望的孩子。

即使看起來終究不像只有六到七歲，像這樣在路邊交談，就覺得真的是和一名年幼的男孩對話。

註11　指的是動畫「一休和尚」，將軍要一休抓屏風老虎的故事。

白色立領學生服，只是基於自我意識的穿著打扮。

「不過，記得妳叫做羽川翼是吧？」

然而不只是我這麼想，他似乎也對我抱持著幾近相同的感想。

「總覺得跟上次比起來，妳變得超平凡了。」

「……啊？」

這番話率直毫不矯飾，因此在我心中迴盪許久。

「因為像是剛才，即使是我——即使以我這個吸血鬼的『視力』，也沒有立刻認出是妳。不，不是因為妳剪了頭髮或是不戴眼鏡，是更加源自本質上的差異，之前妳身上那種……該怎麼說，那種懾人的感覺，如今消失得乾乾淨淨。與其說是消失，更像是完全割除一樣，不留任何痕跡……」

「…………」

我明白他要表達的意思，不過在他這麼說之前，我從來沒想過這件事。

艾比所特認識的我是春假的我，是BLACK羽川還沒從我體內誕生的我，是我體內的黑暗面還沒切割出來成為怪異時的我。

所以……不，慢著。

請等一下。

說我變得平凡，變得不再懾人，聽起來簡直是……

我回想起火憐妹妹昨天在浴室說的那句話。

「翼姊姊不會故意耍個性耶。」

我並不是不會耍個性，只是現在的我沒辦法耍個性。我自己的個性已經從自己體內切割出來，所以理所當然沒有個性可言……

不不不。

不對，更不對了。

繼續思考下去，大概會不太妙。

思緒的盡頭，大概會是令我不願正視的真相。

「喔。」

對我來說極具震撼的一句話，對於艾比所特來說只是隨口提及的感想，他就像是不再對這件事感興趣，在我身後發現某個東西。

以吸血鬼的視力，發現某個東西。

發現我身後的某人。

「就是那傢伙啦，那個傢伙，不講工作內容就叫我過來的傢伙。哎，我打聽之後才知道，她似乎是忍野咩咩那個夏威夷衫小子大學時代的學姊，我就是基於這樣的緣分與事由，才不得不接受這次的委託……」

我，轉身看去。

054

依照自我介紹，這個人叫做臥煙伊豆湖。

嬌小的身體加上大尺寸的衣服，是個穿著打扮頗為寬鬆的大姊姊。雖然形容成「大姊姊」，但我前一刻完全看不出艾比所特的年齡，所以我對自己推測年齡的眼光沒什麼自信。

說她二十多歲看起來也挺像的，如果她真的是忍野先生的學姊，依照常理至少要超過三十歲，不過老實說，看起來也像是未滿二十歲。

何況，即使以這樣的方式形容，但她給人一種泰然——一種超然的氣息，令人覺得確認她的年齡沒什麼意義。

舉例來說，要是鬼斧神工的藝術作品就在眼前，思考這個作品的年代、出處或是作者，都是毫無意義又不知趣的行為。她就是給人這種不容分說的感覺。

基於這個意義，她寬鬆的穿著打扮也非常有型。一般人要是以S尺寸的體型穿上XL尺寸的衣服，可能只會給人「懶散」的印象，但她會令人率直感受到風采。

斜戴棒球帽，鞋子刻意削平鞋跟，但這種沒有章法的作風也不落俗套，漂亮融為穿著品味的一部分。

「嗨，所特，我在會合地點等好久都等不到你，所以就過來接你了，看來你似乎正在搭訕，要是打擾到你就抱歉了。」

這是她所說的第一段話。

她以平易近人的笑容如此說著。

總覺得她的說話方式，就像是主動逐一說明自己的行動，有種突兀感。

而且以笑容掩飾這樣的突兀感。

「嗯～？哎呀，這位小姐是……」她看向我。「……羽川翼小姐……是嗎？」

「啊，是的……」

還沒自我介紹就聽到她這麼說，令我吃了一驚。

艾比所特說她是忍野先生的學姊，我就已經夠驚訝了。假設艾比所特或忍野先生曾經對她提到我，但是除非她擁有「吸血鬼的視力」，不然應該看不出剪短頭髮的我是羽川翼。

「……我是羽川翼。」

「不得了，這還真巧，多虧我剛好一時興起親自出動才能見到妳，翼小妹，我好高興。咩咩應該沒有提過，我是他的學姊，叫做臥煙伊豆湖，他都叫我臥煙學姊，我在大多數的場合都會被稱為學姊或前輩。」

她如此說著，說話方式果然特別，而且這樣的自我介紹也很特別。

「臥煙小姐，不要講成搭訕啦……我只是遇到懷念的熟面孔暢談往事而已。」

艾比所特心懷不滿如此說著（不過，我很驚訝他「只」當成在聊往事）。

「哎，這種事情不重要。」臥煙小姐如此回答，似乎真的不當做一回事。「要是往事已經聊完，我們就走吧，現在是分秒必爭的狀況，余接應該隨後就到，但已經沒時間等她了。」

「余接？那是誰？」

「對於所特來說，她是誰都無所謂，不過對於某些人就有所謂了，比方說對於我就有所謂。哎，老實說我希望咩咩或泥舟能來，但他們兩個行蹤捉摸不定。順帶一提，我並不希望余弦過來，一點都不希望。」

「翼小妹。」

「妳講話真的只顧自己方便……我不是說過講話必須以對方聽得懂為前提嗎？」

艾比所特毫不掩飾自己的無奈，臥煙小姐卻像是沒看到他這樣的反應。

她轉為對我說話。

說話方式也太隨興了。

「原本我應該加入妳和所特的閒聊，身為大人的我甚至應該去自動販賣機買個飲料請妳喝，但我如同剛才所說有事要忙，所以抱歉，我要帶所特走了。」

「啊……好的。」

我不介意。

老實說，如果臥煙小姐能帶他離開，我甚至會在內心鬆一口氣。畢竟他再怎麼說還是很恐怖（實際上，我雖然不記得當時差點沒命的狀況，身體應該還是記得，因為肚子隱隱作痛），而且我正要上學，必須趕快到學校才行。

請我喝飲料，反而會造成我的困擾。

「所以關於妳目前面臨的虎難，我也沒辦法幫忙，妳自己想辦法解決吧。」

「啊？」

目前面臨的……虎難？

慢著……她為什麼知道？

是因為聽到艾比所特剛才隨口提及嗎？不，以距離來說不合理。

而且，相較於剛才說中我的名字，這是完全不同次元的……不合理。

也不是內心被看透。

因為臥煙小姐來到這裡之後，我完全沒有在想虎的事情。

「嗯？怎麼露出這種怪表情？我只不過是知道虎的事情，用不著這麼驚訝吧？這個世界上，沒有我不知道的事情。」

「沒有您不知道的事情……」

「沒錯，我無所不知。」

她充滿自信如此說著。

宛如真的知曉一切——宛如掌握所有的劇情進展，如此說著。

「總之，妳肯定會在這兩天就面對那隻虎，妳很快就會把這個古今無可比擬的強大怪異命名為『苛虎』，不過沒有人能提供協助，沒有人能救妳，因為這是妳自己的問題，不是我的問題，當然也不是妳心儀男生的問題。」

「您……」

您在說誰？我問不出這個問題。

心儀的男生？

「就是阿良良木曆啊，妳該不會不知道吧？」

臥煙小姐以理所當然至極的態度，當成常識一樣說出口，宛如我以外的所有人都知道這件事。

「翼小妹，妳一無所知……」

實際上，她宛如輕視我，宛如看扁我般如此說著。

宛如憐憫，宛如同情，宛如看著一個可憐的孩子，如此說著。

「妳甚至不知道自己一無所知，不是無知之知，是無知之無知。啊哈哈，『無知之無知』聽起來像是在形容豐腴的身材，真下流。我是易瘦的體型，所以很羨慕。」（註12）

註12　日文「無知」和「豐腴」音近。

「…………」

「雖說如此，或許別知道『無知之知』這種玩意兒比較好……《綠野仙蹤》那個沒有腦袋的稻草人也曾經感慨過，任何人最無法接受的，就是自己是笨蛋的事實。」

「您……」

我開口了。聲音在顫抖。

我不知道聲音為什麼會顫抖。

即使在春假和艾比所特對峙的那時候，我的身體與聲音也未曾這樣顫抖。

「您……您又知道我什麼了？」

「我什麼都知道，所以我無所不知。」

臥煙小姐反覆說著。

如同至今已經反覆這樣的臺詞無數次。

如同「早安」、「晚安」、「我要開動了」、「我吃飽了」。

不斷反覆。

反覆再反覆。

不斷反覆。

「我也知道妳一無所知，不過這並不是丟臉的事情，因為世間人們都是一無所知，不知不覺欺騙著彼此過生活，妳也不例外，妳並非特例。」

「不例外……並非特例。」

「聽我這麼說，妳很高興吧？」

臥煙如此說著。

依然是以輕視的態度。

「我知道的。」

「…………」

「昨天晚上，對於包含咩咩在內的你們來說，充滿回憶的那座補習班廢墟燒掉了，這件事我當然也知道……啊，這是妳還不知道的消息吧？一無所知的翼小妹。」

055

神原學妹缺席。

後來我在第一堂課上課鈴響前一刻衝進教室（這當然只是比喻，我不會在走廊奔跑，但我像是競走的走路方式，就某方面來說有點……不，相當可疑），所以我是在第一堂課結束的下課時間，造訪神原學妹所在的二年級教室。

「喔，是羽川學姊。」「是羽川學姊。」「真的耶，是羽川學姊。」「是神原同學經常提到的羽川學姊。」「和戰場原學姊同班的羽川學姊。」「不對，是阿良良木學長救命恩人的羽川學姊。」

……不知為何，我擁有超群的知名度。

我很想掩面逃走，但還是忍下來打聽神原學妹的狀況，並且得到前述的答案。

無論是導師或是班上交情好的朋友（雖然想一想就知道理所當然，但神原學妹確實有同年級的朋友，令我感到安心），都沒有收到她的聯絡。

「神原同學個性非常正經，所以她無故缺席真的很罕見……大家都在擔心。」

「…………」

一個人的評價，經常會在不同的團體之間有所差異，不過這些人對神原學妹的印象，似乎和我們有很大的落差。

……不對。

這樣果然才正確。

像我這樣在任何人眼中都是相同印象的人，才是異類。

並非理所當然。

並非平凡。

在任何人眼中都是優等生，何其異常。

「羽川學姊知道什麼消息嗎？」

「不。」聽到這樣的詢問，我只能如此回答。「抱歉，我一無所知。」

這句話聽起來似乎很冷漠，發問的這個孩子露出滿頭霧水的表情，使我害羞得像是逃走般離開神原學妹的班級。

因為發生這件事，雖然對於授課的老師深感歉意，但是第二堂課之後的上課內容，我簡直完全聽不進去。我終究很擔心。

阿良良木今天果然也沒來，昨天晚上到底發生了什麼事？

不，老實說，我第一堂課的上課內容也沒有聽進去。從臥煙小姐口中得知叡考塾失火全毀的消息，我沒辦法保持冷靜。

那裡不只是我們充滿回憶的地方，也是阿良良木約神原學妹見面的地方，卻在這時候發生火災。

和臥煙小姐與艾比所特分開之後，我當然有用手機上網找新聞，確定這個消息不是謠言。

新聞甚至還體貼附上圖像。

我親眼看見水泥裸露的建築物崩塌得慘不忍睹的照片。

發生過各種事件，充滿回憶的這個地方，完全從這個世上消失了。

不知道戰場原同學聽到這個消息會怎麼想，相對的，我內心也充滿世事無常的想法，不過鑑於現狀，現在確實不是沉浸於感傷情緒的時候。

昨天到底發生了什麼事？

阿良良木與神原學妹平安嗎？

這天我擔心得不得了，無論上課或下課時間都坐立難安。

……不過即使如此，我還是沒有早退，繼續上完一整天的課，肯定是因為我內心某處確信他們兩人平安無事。

內心的某個我敢斷言，他們兩人沒有因為這場火災受害。

剛開始，我想要信任這樣的想法。

我相信不用擔心阿良良木與神原學妹，他們兩人肯定能克服任何困境。

然而無須深思也知道，這是錯的。

阿良良木以這方面的意義來說，是完全無法令人安心坐視，隨時沒命也不奇怪，背負著這種危機要素的男生，與其說是自我犧牲，甚至幾乎能歸類為自虐傾向。正因為清楚知道他是這樣的人，我很難相信他事到如今依然平安無事。

至於神原學妹，很遺憾，我無法天真相信她平安無事，我們的交情沒有親密到這種程度（何況我甚至有可能因為戰場原同學而受到她的敵視）。

那我為什麼相信他們兩人不要緊，確信他們至少沒有因為這場火災受害？

「……因為我知道。」

我輕聲說著。

我走在放學回程的路上。

不，這不能說是回程路，我不打算直接回阿良良木家，而是先去另一個地方。

「對，我知道。那場火災和阿良良木與神原學妹毫無關係。」

我知道。

雖然我不知道，但不是我的另一個我知道。

應該是昨晚，我變成ＢＬＡＣＫ羽川的時候目睹知曉的。我知道他們兩人平安無事，知道阿良良木與神原學妹肯定在會合之後轉移陣地，知道他們要處理的問題幾乎和火災是兩回事。

所以臥煙小姐說得對。

這是——我的問題。

「……何況這麼看來，火災的起因……是我。」

羽川家於三天前化為灰燼。

叡考塾廢墟於一天前失火。

和我有密切關連的兩棟建築物，在短短三天之內焚毀。

我為什麼沒有考量兩者的關連性？

而且這兩場火災，都在我遇見虎的不久之後發生，這也是要注意的重點。

羽川家失火原因至今不明，以網路新聞來看，補習班失火原因也同樣不明，由於都是沒有火源的場所，當然無法排除是蓄意縱火。

「縱火嗎……」

最壞的可能性掠過腦海。

化為ＢＬＡＣＫ羽川的我可能就是凶手，也就是縱火犯。

回想起ＢＬＡＣＫ羽川在黃金週目中無人的放肆行徑，這種推測很可能是真相。

實際上，關於羽川家，我曾經好幾次許願「那種住家消失該有多好」，所以現狀可以說是如願以償。

這種可能性很高。

但我覺得並非如此。

並不是這種狀況不可能發生，是覺得「最壞」這兩個字有誤。

雖然無法好好形容，但我覺得這段物語準備了更壞的結論等待我。我移開目光不願正視的結論，正張開血盆大口毫不留情等待著我。

沒錯，這樣的真相——不利的真相等待著我。

這條路，就是這樣的路。

「要回頭，只有現在了。」

現在。

只要短暫閉上雙眼——移開目光就好。

到了明天，我肯定不用遭遇這樣的真相。

一如往常。

可以繼續維持現有的羽川翼。

依然是阿良良木最好的朋友羽川翼，依然是我。

我可以維持現在的我。

一切都不會改變。

可是……

「可是……」

可是，可是……

我不知道阿良良木正在和什麼東西交戰。

但他肯定在和某種東西交戰。他有真宵小妹與神原陪同，而且肯定也藉助小忍的力量，一如往常賭命戰鬥。

所以，我也要戰鬥。

既然是無法逃避的事情，就不要移開目光。

這次下定決心正視吧。

正視我——正視我切割出來的心。

這次應該就是這樣的物語。

「對……就是那隻虎。」

那天，新學期開始的那一天。

我在上學途中看見的巨虎。

「這次的事件，是從我看到那隻虎開始的。」

似乎如此。

這句話沒有確信的成分。

但我明白就是如此。

我知道。

「記得臥煙小姐說那是……苛虎？」

如果要調查，就應該從這一點開始著手。

我抵達了圖書館。

056

我們居住地的市立圖書館非常充實，是本市引以為傲的特點。裡頭誇稱麻雀雖小五臟俱全，而且不知道是管理員的嗜好或是傳統傾向，比起暢銷書更致力於收藏冷門專業書籍，使得這座圖書館看起來比較像是博物館。

題外話，忍野先生停留在這座城鎮的時候，好幾次託我借這裡的書給他看（忍野先生不是市民，沒辦法申請借閱證）。

這裡美中不足的地方就是週日休館，但我從小就經常來這裡報到。我不曾上補習班或是才藝班，人生所需的各種知識，可以說都在這間圖書館學習。

包括父母沒教導我的事情，我也是在這間圖書館學習。

獨自一人。

我最近經常把這裡當成帶阿良良木唸書用功的地方，不過在戰場原同學擔任阿良良木家庭教師的日子，我同樣會獨自來到這裡。

老實說，我十五歲左右就差不多看完館內藏書了，但我很喜歡這座圖書館的氣氛與氣息，所以閒來沒事也會造訪這裡。

而且剛好是個適合用功的地方。

即使不是「我家」，依然是能讓我心情平靜的地點之一。

今天當然不是「閒來沒事前來造訪」，而是來查資料。

「小翼，歡迎光臨。」

「您好，打擾了。」

問候熟稔的職員之後，我依照心中推測相關的書單挑出五本書，坐在幾乎成為專屬座位的窗邊椅子。

現今各地圖書館都在進行書籍全文檢索的電子化，不過這裡沒進行這項計畫，所以只能土法煉鋼一本本查閱。

這些書我都看過，但我的記憶力並非完美，何況這件事不能依賴我的記憶力。

因為我可以從內心切離所有對自己不利的事情。

我得到這種能力了。

套用阿良良木伯母的說法，我可以隨心所欲移開目光。

黃金週事件也一樣，即使發生過那樣的事情，我卻忘得乾乾淨淨，如今甚至完全無法回想起來……不對，應該說不願回想起來。

痛苦的回憶，令我想掉淚的壓力，我都塞到自己以外的地方。

塞給ＢＬＡＣＫ羽川。

……所以我的記憶、我的知識，進一步來說包括我的思考都不足以依靠。如果我還是想做些事情，想要垂死掙扎做些事情，就只能像這樣進行總覽。

只能不移開目光仔細閱讀，將每字每句烙印在眼底。

「……唔～」

然而，即使我奮戰到關館時間將近，不只是剛開始的五本，最後我總共查閱十五本專業書籍，卻沒有找到關於「苛虎」這種怪異的記述。

考量到可能會聽錯，我也有注意名字相近的妖怪——例如日文音同的「火虎」，以現實發生的火災來看可能有關——卻全部撲了個空（我還查到相關的「水虎」怪異，不過是河童，應該完全是兩回事）。

唔……

雖然這份志氣可嘉，但是這種成果一點都不漂亮。

我一直認定這部分可以像忍野先生那樣旁徵博引……但事情似乎沒這麼順遂。

話說，有沒有可能確實存在著相關記述，只是我不小心看漏了？可能書上有寫，我卻不想知道內容而移開目光……

「……如果說出這種話，一切都不能信任了。」

不對。

既然我是我，原本就是一切都不能信任的狀況，必須從中找出我能做的事，我想做的事。

既然一切都不能信任，肯定能逆向操作這種沒信用的狀況。

圖書館找不到，就必須上網找資料，但我其實沒什麼動力做這件事。網路是用來蒐集即時情報的傑出媒體工具，但是調查既有情報會出現太多謬誤。

老實說，不適合用來調查怪異奇譚。

雖然這麼說，還是可能得到蛛絲馬跡，既然沒有其他方法，也不能一意孤行抗拒數位情報，而且這是不擅長使用機械的忍野先生做不到的調查手法。

這裡是圖書館內，所以我手機關機了，既然這樣就出去查資料吧。

我下定決心之後，把拿來查閱的書全部放回原位。我不知道自己的記憶正確到何種程度，但至少有記住這間圖書館所有藏書的位置，所以這項工作輕而易舉。

「小翼，今天只有妳一個人？」

正在放書的時候，一名職員（和我最初問候的職員不同人）前來打招呼。這位職員好幾次看到我和阿良良木一起造訪，這個問題應該是基於這個意思吧。他似乎認為我和阿良良木在交往，阿良良木也似乎還沒察覺這件事，所以我沒有刻意訂正。

「是的，今天只有我。」

如前面所述，至今我獨自前來的機率還是比較高，但這種時候很少被他注意到。

「這樣啊，閉館時間快到了，資料查完了嗎？」

「查完了。」

雖然沒有得到結果，但能查的都查過了。

「看起來挺重的。」職員看著我手上正要放回書架的書如此說著。「電子書普及之後，人們就能擺脫這種重量了。不對，這麼一來，圖書館存在的必要性也會受到質疑吧？」

「這就難說了，我覺得只要電子書沒有脫離數位圖片的領域就可以放心，因為這種重量也是實體書的要素之一……書不是平面的，是立體的，如同數位相機普及之後，模型收藏家也不會說『只收照片就好』，我認為有書脊才叫做書。」

「書籍電子化」是一種奇怪的想法。

實體書與電子書的差異，就如同書籍與影像的差異，兩者截然不同，這樣的觀念才正確。不是移轉，不是進化，是全新的種類。

「但願如此。」

這位職員似乎不是刻意要和女高中生深入討論這個議題，輕輕一笑就看向我手上的書籍名稱，以詫異的語氣詢問。

「妳對妖怪有興趣？」

畢竟每一本都不像是妙齡女高中生會研讀的書，或許確實引人詫異吧。如果是資深職員就知道我這種嗜好（有書就看），不過這位職員資歷尚淺。

「是的，稍微參考一下……是學校出的作業。」

我總不能說出所有真相，所以用這種還不錯的含糊回應帶過話題。

「既然這樣，新書區有進一本相關的書，看過了嗎？」

「不，還沒。」

這麼說來，我還沒去新書區瀏覽過。

「現在應該沒時間看了，妳就借回去吧。」

「也對，我會借的。」

雖然嘴裡這麼說，我卻覺得沒什麼好期待的。

漏掉的最後一本書，剛好記載我要找的怪異情報？這種進展也太順心如意了。即使如此，有句俗話說「死馬當活馬醫」。

我在職員的建議之下，借了這本書離開圖書館。

「……嗯？等一下，新書嗎……」

新書——新品種。

把借閱的書收進書包時，我忽然冒出這個念頭……不對，講念頭很奇怪。

因為，臥煙小姐從一開始就講了，這將是由我命名的怪異。

「調查到這種程度，卻連個提示都沒有……假設那隻虎也和ＢＬＡＣＫ羽川一樣，是新品種的怪異……」

057

只要有個契機，接著就會產生連鎖反應。

這真的是所謂的關鍵字，只要察覺到這一點，就沒必要裝模作樣旁徵博引。

我甚至應該在聽到臥煙小姐那番話時，就想到這件事。

是的，用不著到圖書館，這是會列入國中國文課本的文章，是任何人都聽過的一句話。

苛政猛於虎。

《禮記・檀弓下》的一句話。

雖然應該沒必要，基於複習的意義來說明，這句話的內容是這樣的。

一名婦人的公公與丈夫，都是被凶暴的老虎吃掉，而且婦人這次連兒子都被老虎吃掉。孔子詢問婦人為何不離開吃人虎棲息的這個地方，婦人答曰：「再怎麼凶暴猙獰的猛獸，都比實施苛政的國家來得好。」

苛政在這裡所指的意思，就是只顧著課稅徵兵，棄人民於不顧的暴政。

如果我依照臥煙小姐所說，將那隻虎命名為「苛虎」，參考來源肯定是這句話。因為我在國小聽到這句話的時候，一直明顯有著「應該沒這回事吧」的感想，抱持著無法釋懷的心情至今。

我認為再殘暴的政治，應該還是比吃人虎來得好。

並不是因為我是無法體會箇中精妙的孩子，當時的我完全不認同那名婦人。不只是公公與丈夫，連自己兒子都被她灌輸這種觀念，我真的無法理解這位母親的想法。

不過，如今我知道世上存在著比老虎更為凶暴惡毒的政治形態，所以並不是完全無法理解她的想法。即使如此，我依然無法釋懷。

「因此所謂的苛虎，我認為並不是單純將『苛政猛於虎』略稱為苛虎，而是『比苛政更有問題的虎』，是更勝於一般惡虎的『苛虎』，妳認為呢？」

「我不這麼認為。」

電話另一頭的戰場原同學，聽完我的假說沉默片刻之後，回以否定的反應。

而且是露骨的否定。

「總覺得妳被那個叫做臥煙的人牽著鼻子走了，光是聽妳的說法，這名字怎麼想都不是羽川同學取的，而是那個人取的吧？」

「嗯，是這麼說沒錯……」

這部分難以說明。

自稱是忍野先生學姊的臥煙伊豆湖，我覺得無法口頭清楚說明她這個人。老實說，即使是曾經親眼見到、親口交談的我都不清楚。

當然不可能清楚說明。

不過，臥煙小姐肯定不是基於明確的理由誘導我，不像戰場原同學是基於某種理由誘導火炎姊妹。

那個人當時扔下我，和我撇清關係。

「這種事沒辦法下定論吧？或許她只是在說謊，或許是基於難以解釋的理由。」

「難以解釋的理由？」

「順帶一提，那個人應該和神原有關。」

「啊？」

我感到驚訝。

沒想到會在這時候提到神原學妹。

「記得神原母方的姓氏就是臥煙，我國中時代聽她說過，而且神原的名字曾經是臥煙駿河。順帶一提，她的母親叫做遠江，雖然要問她本人才能確定，但如果說這個人和她毫無關係，只是巧合或是遠房親戚，難免會令人起疑。」

「說得也是……」

駿河、遠江與伊豆湊在一起，沒懷疑三者之間的關連才奇怪。（註13）

而且這樣的名字不像是隨處可見。

換句話說……

「何況神原說過，她的猴掌繼承自母親，就我看來，這位臥煙小姐很可疑。」

「嗯，我當然也覺得她可疑。」

我打從心底如此認為。

並不是因為她能對艾比所特頤指氣使，也不是因為她隨口就能說中各種事。

「我無所不知。」

就是這句話。

這句話，刺進我的內心。

註13　靜岡縣昔日以駿河、遠江與伊豆三個令制國組成。

宛如一根刺。

宛如一根樁。

「這麼說來，臥煙在日文也有滅火的含意，既然這樣，就把她當成妳家與補習班廢墟失火的元凶吧？這是逆向思考。」

「不對不對……」

哪有這種逆向思考？

不可以這樣。

「這麼說來，戰場原同學，妳有聯絡神原學妹嗎？」

補習班廢墟焚毀的消息，戰場原同學也是剛才聽我說才知道，但她肯定會擔心寶貝學妹神原的安危。

她現在謊稱罹患新流感請假，時間要多少有多少，已經打過電話給她也沒什麼好奇怪的。

「有。」

戰場原同學果然回以肯定的答案，了不起的行動力。

「但是聯絡不上。電話會進入語音信箱，代表她關機或是位於收不到訊號的地方，至於她當然也沒有主動聯絡……那種孩子將來會成為過年也不回家的大學生。」

「完全就是不久之後的將來呢。」

而且這個預測莫名寫實。

不過，他們兩人會離家求學嗎？

尤其是阿良良木。

感覺妹妹們不會讓阿良良木離家。要是阿良良木說要搬出去住，妹妹們可能會模仿《戰慄遊戲》監禁他。

「總之，只要阿良良木和神原順利會合，應該不會發生什麼狀況……但還是很難說。這麼一來，臥煙小姐來到這座城鎮的原因，很可能和神原有關，換句話說阿良良木也可能再度遇到那個吸血鬼混血男孩，並且再度開戰……唉，他到底在做什麼？」

戰場原說完嘆了口氣。

唔～我不知道如何安慰。

我當然也對他們兩人有一套想法，不過以立場來說，戰場原同學應該比較難受。

「算了。」

但她忍了下來，把各種不吐不快的怨言吞回肚子裡。

她在這方面的忍耐力，也強大到足以匹敵她的行動力。

可說是曾經對抗怪異兩年多的她才有的能耐。

「我不擅長放棄，但是等待就很拿手了，就以成熟女性的立場，在這裡安分等待他們回來吧。」

「喔喔……」

「回來再好好教訓他們一頓。」

「喔喔？」

這樣並不成熟吧？

看來阿良良木與神原學妹即使脫離現在陷入的困境，還得面臨另一個非得克服的困境。

「這是我這邊的問題，放在一旁吧，繼續原本的話題。」戰場原同學如此說著。「他們那邊或許很辛苦，但這邊也不遑多讓……叫做『苛虎』是吧？假設我們鼓起勇氣，相信臥煙小姐這個人……」

她強調「假設」的這份謹慎心態，大概源自於當年被五個騙徒詐騙的經驗。這麼說來，其中一名騙徒——貝木泥舟，也和忍野先生同為臥煙小姐的學弟。

「以我個人來說，聽到『苛虎』會自然而然聯想到『過去』。」（註14）

「也就是往事？」

「是的。如果搭配『心理創傷』的意義，比起同音的『火虎』，寫成『過去』更加合適吧？」

「心理創傷？」

註14　日文「苛虎」和「過去」音同。

「哎呀，連這部分都變成雙關語了，而且是很常見的那種。」（註15）

戰場原同學以害羞的語氣如此說著。

總覺得平常的她總是面不改色就會講這種雙關語，而且似乎還很愛講，但她似乎不喜歡像剛才那樣，被別人當成是故意講出來的。

不過，我確實明白她想表達的意思。

「過去」與……「苛虎」。

「不過，可不能一直當作笑話來笑。」雖然沒有任何人在笑，但戰場原同學以過度嚴肅的語氣說著。「先不管命名，乾脆也不管是不是新品種的怪異，這個怪異實際上會帶來相當大的危機吧？和我的螃蟹或真宵小妹的蝸牛不同，不是對內，而是對外發展的怪異，真的是如同神原的右手……」

「啊？什麼意思？」

「還會有什麼意思……妳應該不可能不知道吧？」

戰場原一副無可奈何的語氣，但我真的不知道。

她在說什麼？

我只是想知道，臥煙小姐說我將會命名的「苛虎」這個名字（聽起來挺複雜的）聽在旁人耳裡會怎麼想，才會打電話給戰場原同學。戰場原同學對此表達強烈否定，

註15　日文「虎（Tora）」和「馬（Uma）」合唸就成為「心理創傷（Trauma）」。

反倒使我冷靜下來了。

「不，不是那樣。羽川同學家以及補習班廢墟，不是已經接連失火了嗎？」

「嗯，是的。不過很遺憾，目前還無法證明這跟我遇到那隻虎有關……」

「這種關連性一點都不重要。對羽川同學來說，這兩個地點除了『妳都很熟悉』這個遠程長期的共通點之外，還有另一個近程短期的共通點吧？」

「啊？」

即使她說到這裡，我還是不知道。

不，其實我應該已經知道了。

只不過，我移開了目光。

「所以我才說，這兩場火災都是我那天遇到虎沒多久就發生的……」

「不是這一點。」

戰場原同學如此說著。

雖然難以啟齒——她其實是希望我能察覺她的弦外之音吧——但她明講了。

「妳至今就寢的地點接連失火了，對吧？」

「…………！」

「換句話說，這樣下去的話，我的公寓或是阿良良木家，或許在今晚就會面臨焚毀的危機吧？」

她說得很冷靜，卻非常中肯。
這是當前所面臨，最為實際的危機。

058

我是坐在某座公園的長椅上打電話給戰場原同學。順帶一提，這座公園就是阿良良木初遇真宵小妹的地方。
這麼說來，阿良良木與戰場原同學是在這裡成為一對，以這種意義來說，這裡應該是比起那座補習班廢墟更具回憶的地方。
不過就我來說，這裡只是自家附近沒什麼特別回憶的公園，位於我熟悉已久的散步路線，在這裡打電話也不是基於什麼重要的理由。
我想看看羽川家焚毀之後的樣子，從圖書館走到了這裡，卻在接近現場的這個節骨眼畏縮，所以先打電話給戰場原同學。
與其說是畏縮，或許應該說是我移開目光，但我已經連自己想從什麼事物身上移開目光都搞不清楚了。
比起混亂，更像是困惑。
我在這裡聽到戰場原同學出乎意料的指摘，而且她說得沒錯，這應該是我不用聽她明講也該察覺的事情。

要把羽川家視為「我不久之前用來就寢的地方」，必須稍微採用跳躍性的思考（把住家當成就寢的地方過於理所當然，所以不容易認清這個定義），然而即使如此，至少我應該將補習班廢墟視為「昨天用來就寢的地方」。

因為我住過，所以燒掉了。即使不用想到這一點，我也應該畏懼「要是差一天，我就會被燒死」這種事。

但我完全沒有想到這方面的事情，與其說是缺乏想像力，更像是……移開目光。

沒有面對現實。

或許是這麼回事。

就是這麼回事吧。

即使如此，我當然也不能把戰場原同學的指摘照單全收，不能貿然做出這個結論，畢竟佐證資料太少了。

只以兩份樣本，無法導出合理的結論。

雖然這麼說，卻也不能等待第三、第四份樣本出現。

和戰場原同學交談之後，我重新下定決心，前往焚毀的住家。原本以為會看到一些東西，卻什麼都沒有。

再說一次，一無所有。

甚至令我無言以對。

如今沒有任何人看熱鬧，就像是十五年前就一直維持至今的災後荒原，也不像犯罪現場圍起封鎖線或架設圍欄，就只是空地。

一無所有，毫無感覺。

現在的我，甚至無法相信這種「毫無感覺」的感覺，但我並不是住在這塊土地，而是住在這塊土地上的住家，所以這種感覺應該有一半值得相信。

是的，這裡確實……一無所有。

「…………」

待太久可能會引人注目，所以我只在現場停留一分鐘左右就匆忙離開。

「妳用來就寢的地點接連失火了，對吧？換句話說，這樣下去的話，我的公寓或是阿良良木家，或許在今晚就會面臨焚毀的危機吧？」

無論是看過災後現場之前還是之後，我還是覺得戰場原同學這樣的憂慮有些牽強，但她這番話令我聯想到一則事例。

「蔬果店於七」的故事。

這名女性愛上一名在火災期間見到的男性，為了再度見到這位心上人，她不惜對自己家縱火。雖然這種想法恐怖得令人不是發熱而是發寒，但是這樣的情感，說穿了只是不足為奇的戀愛心態。

於七是丙午年出生，就產生了「丙午年出生的女性倔強易衝動」的說法，這與其說是怪異奇譚更像是迷信，不，應該只是偏見。

因為任何人都擁有這樣的一面。

這種個性分析，可以套用在所有人身上。

不過，「丙午」在這個場合具有重大意義。

不，我知道毫無意義。

——地支的「午」，就是馬。

戰場原同學把「心理創傷」這個詞當成雙關語解釋，並且對此感到害羞，不過怪異奇譚半數是以雙關語成立，以「看到火的馬會發狂」來解釋的丙午也是如此。（註16）

「虎」與「馬」組合起來，就是「心理創傷」。

「如果只思考可能性，可以列舉出很多種，還無法得出結論。」

不過，感覺結論呼之欲出了。

問題在於我是否能面對這個結論。即使是牽強的憂慮，既然得知阿良良木同學的公寓與阿良良木家可能會發生火災，我也不禁感到焦躁。

沒錯。

非得做出了斷。

註16　天干的「丙」在五行裡屬火。

為這段關於火災——關於我的物語，做個了斷。

「那個……打擾了。」

羽川家（遺址）到阿良良木家的距離遠得應該搭公車比較好，不過我到最後還是沒有搭乘交通工具，而是以自己的雙腳走回來。

我有拿到備用鑰匙，所以不用按門鈴也能進屋（我真是受到信任），但我終究會有所卻步。即使他們要求我把這裡當成自己家，我還是做不出這種行徑。

居然要我把這裡當成……自己家。

我不知道自己家是什麼樣子。

不只如此，我不知道自己是什麼樣子。

何況，如果我就寢過的地方都會接連失火，或許我就不應該回到阿良良木家，但要這麼說的話，我已經在這裡過夜所以為時已晚，既然這樣，即使我回來這裡肯定也沒問題——這種奇怪的理論在我的內心成立。

……不過，光是回到借住的地方也要找理由，這種貧瘠的心態令我有點想死。

「翼姊姊，歡迎回來～回來得好晚耶，去了哪裡嗎？」

我脫鞋的時候，火憐妹妹從客廳前來迎接。不過即使她說「歡迎回來」，我也不知道該如何回應而感到困惑。

「我剛才到附近的公園晃了一下。」

「這樣啊。」

「阿良良木有聯絡嗎？」

「沒有，那個哥哥就算放蕩也要有個限度才對，等他回來我要踹飛他，而且是狠狠踹。」

火憐妹妹如此說著，並且實際對我表演踢腿動作。

華麗到無謂的二段踢。

看來，即使阿良良木解決當前遭遇的事件並且平安回來，接下來要克服的困境也不只一兩個。

不對，不應該講得事不關己，完全不可以。

我也向他抱怨幾句吧。

我堅定認為，一定要解決我自己正在面臨的這個問題。

我想為他準備一個能讓他回來的困境。

「哎～那種不重要哥哥的事情一點都不重要。翼姊姊，我等好久了，要說引頸期盼也不為過，還是應該說望穿秋水？」

「這幾句話的意思都差不多啊？」

「月火也已經回來了，我們來玩遊戲吧，客廳桌上已經備好撲克牌了。」

「撲克牌？」

居然不是電視遊樂器，有點意外。

「啊，不過火憐妹妹，對不起，我想在房間想一些事情……」

「別管了別管了。」

我原本想要婉拒，卻被火憐妹妹硬是拉著手要帶到客廳。

「別，別管了？」

「據說人類不要想事情比較好。」

「這是怎樣？是什麼道理？」

「道理這種東西只會讓人頭痛吧？雖然人是一棵會思考的蘆葦，不過沒人規定不能當一棵不會思考的蘆葦吧？」（註17）

「好大膽的意見！」

但是，不會思考的蘆葦，就只是普通的蘆葦吧？

可以只當一棵普通的蘆葦嗎？

「來啦，快點快點，別以為能夠抵抗我喔～！」

「慢著，知道了知道了，所以讓我脫，讓我脫鞋啦！我打我打，我願意打牌！」

「耶～！」

火憐妹妹開心舉起雙手。

註17　出自法國哲學家帕斯卡爾的《思想錄》。

真的是天真無邪。

與其說我想要思考事情，應該說我不得不思考一些事情，老實說我沒有時間開心打牌，所以即使她再怎麼強硬要求，或許我也應該表示自己沒時間而拒絕。

但我之所以沒這麼做，是因為我非常清楚獨自思考毫無意義。不過我終究無法認同火憐妹妹「沒人規定不能當一棵不會思考的蘆葦」的看法。

我不想當一棵普通的蘆葦。

然而，我也同樣不想成為會思考的人，不想成為不會思考的人。

即使思考再思考，並且察覺到某些事情，只要察覺到的事情對我不利，我就會移開目光，把這件事從內心切割出去並且遺忘，極端來說，甚至可能變得無法思考。

既然這樣，不如像是戰場原同學剛才對我做的那樣，在對話與會話之中尋找線索，這種做法才是最精明的做法。

我的良知告訴我，不應該讓國中生火憐與月火妹妹受到波及，但我已經為她們添麻煩了，如今貿然客氣只會造成反效果。更重要的是，就某些意義來說，如果要商量關於火災的事情，沒有人比她們兩人更適合。

因為她們是栂之木二中的火炎姊妹。

名字裡就有「火」這個字的兩人。

059

「火？從火這個字能聯想到什麼？那還用說嗎，就是我胸口這顆火熱的心！」

火憐妹妹頗為正經的回答我的詢問，聽她毫不迷惘的語氣，或許至今已經回答過好幾次了。

不假思索的程度超乎想像。

感覺像是還沒詢問就已經準備答案。

「簡單以一個詞來說，就是熱情。」

「這樣啊……」

聽到要打牌，我以為會是梭哈、二十一點或是接龍之類的遊戲，但月火妹妹提議的遊戲超乎預料，是三人各自以撲克牌蓋塔。

規則是三人共用十副撲克牌，把塔蓋得越快越高的人就勝利。

這麼說很抱歉，但是這個遊戲不好玩。

看似堆積木，卻毫無創意可言。

至少我覺得這不算是團隊遊戲……這就是所謂的代溝嗎？

不過現在是三人一起玩牌的時間，我也沒辦法敷衍以對，所以我一邊把撲克牌疊成三角形，一邊裝作閒聊詢問她們。

「既然這樣，從炎這個字能聯想到什麼？」
「火熱的熱情更加火熱。」
火憐妹妹如此斷言。
同樣毫不迷惘。
「正義，簡單以一個詞來說，就是正義。」
「嗯～原來如此。」
我點頭含糊帶過，而且是帶著迷惘。
可以說和她成為對比。
至少以我現在的心境，我不大能同意她的定義。
「所以火憐與月火妹妹才會自稱火炎姊妹？」
「沒錯！」火憐妹妹堅定說著。「火炎姊妹，就是正義姊妹！」
「可惜正確來說，完全不是這麼一回事。」
火憐妹妹堅定的這句話，卻被坐在身旁的月火妹妹一口否認。
以笑容否認。
真不留情。
「我們被稱為火炎姊妹，只是因為名字都有『火』這個字，很抱歉真的只是這個原因。我們從小學還沒進行正義活動的時候，就有這個別名了。」

「是這樣嗎？」

火憐妹妹歪過腦袋，似乎不記得了。

事實應該是月火妹妹說的那樣，但比起聖殿組合，這個別名不是她們自己取的，光是這樣就好多了。

「順帶一提，『火』或『炎』這種字，會讓我聯想到愛戀。」

「愛戀……」

的確。

「蔬果店於七」的故事，以內容來說多少不符常理，但實際上應該是以愛戀的情感為基礎，國文也有「愛火」這樣的描述方式。

…………

話說回來，月火妹妹蓋撲克牌塔的速度好快，她太擅長精密作業了。

看來她的集中力超群。

其實我從公園回來的路上，就獨自進行著這種從「火」開始的聯想遊戲，但是我一個人的能力有限，毫無收穫。

我聯想得到的只有「紅色」、「灼熱」、「文明」這種不著邊際的東西。

一個人能夠思考的範疇有極限，以我的狀況則是缺乏想像力。我毫無收穫的原因，應該不是基於這種一般論點。

我大概是刻意迴避著決定性的字詞。

讓思緒迴避提示前進。

正因如此，我才沒有獨自深思，而是在和火憐與月火妹妹玩遊戲時尋找答案。

「愛戀嗎……」

以我的腦袋，沒辦法從「火」聯想到這兩個詞——即使有注意到於七的故事也聯想不到——不過這個詞和「正義」一樣，沒能給我茅塞頓開的感覺。

反而有失焦的感覺。

「嗯。」月火妹妹以可愛的動作朝我點頭。「羽川姊姊可能不知道，火炎姊妹除了進行正義活動，還會接受戀愛諮商。」

「是嗎？」

我確實第一次聽到。

阿良良木總是強調「正義使者」這部分，使我認定她們主要從事正義活動，不過仔細想想，她們的立場就像是當地女國中生的代言人（我覺得真的很了不起），既然這樣，戀愛諮商反而像是她們的主要活動。

「嗯，甚至接受過哥哥的戀愛諮商喔？」

「啊？阿良良木？」

原來如此。

阿良良木會找妹妹進行戀愛諮商啊……

這我就不敢領教了。

「喔～這麼說來，確實發生過這種事呢，記得是五月那時候吧？」

聽到月火妹妹這句話，火憐妹妹也搜尋記憶如此說著。

「記得哥哥問過『喜歡是什麼感覺』這種幼稚的問題。」

「這樣啊……換句話說，他是找火憐與月火妹妹討論戰場原同學的事情吧？」

先不提火憐妹妹記憶的正確性，但既然時期是五月，應該就是這麼回事了。

他們是在母親節，在剛才那座公園開始交往——但我剛開始誤以為他們從更早之前就在交往。

……嗯？

這種不自然的感覺是什麼？

就像是片段失憶——應該說思緒硬是遭到封鎖，草草做出合理結論的敷衍感。

這時候的我，又對某件事移開目光了嗎？

「唔～這就不清楚了，畢竟這事情已經過了好一陣子，我已經忘記哥哥說過什麼，也忘記自己怎麼回答了。」

月火妹妹隨口說出這種冷漠的話語。

不過聽她的語氣，與其說是忘記，更像是含糊帶過。

……話說，月火妹妹和火憐妹妹不同，聽到我提出的問題之後，雖然沒有明顯露出狐疑的表情，卻透露出詫異的氣息。

一種不明就裡的感覺。

她會這樣也是情有可原——即使不是基於參謀立場，聽到自家失火的人詢問「從火這個字能聯想到什麼」，應該都會覺得突兀。

「憤怒也有『火』的感覺，不過這等同於火憐所說的正義。因為對於火憐來說，正義就是憤怒。」

「沒錯！」

火憐妹妹再度堅定說著。

因為聲音過大，火憐妹妹蓋的撲克牌塔倒下了（不過才兩層）。

居然有這種推倒積木的方法。

「換句話說，憤怒是火焰，也就是正義！」

「無論如何，我和火憐應該都是解釋為『火熱的心情』吧。」

「火熱的心情……」

唔～……

如果是「冰冷的正義」或是「冰凍的愛戀」這種描寫方式，看起來會很像「縫紉機與雨傘在手術臺相遇」這種超現實主義的形容方式。月火妹妹的說法，至少比火憐妹妹的說法更能令我理解。

我內心有這種「火熱的心情」嗎？

火熱……火熱……火熱……不行。

總覺得還是沒有切入核心。

「月火等一下，什麼叫做『無論如何』？火熱的心情就等於是正義吧？」

火憐妹妹對月火妹妹這句話起反應了。

看來火憐妹妹比較投入正義活動。一般來說，應該會是年紀較小的月火妹妹比較熱中，不過真要說的話，她似乎只是陪著姊姊一起行動。

總之，這種「姊姊對妹妹造成影響」的構圖淺顯易懂。但我沒有姊妹，所以即使是這種淺顯易懂的事情也很難理解。

「嗯，說得也是。」或許因為這樣，月火妹妹總之先同意火憐妹妹的說法，然後繼續說：「不過啊，火憐，妳對瑞鳥的感情雖然不是正義，卻也是火熱的心情吧？」

「唔～說得也是。抱歉，我錯了。」

火憐妹妹道歉了。

個性率直到異常的程度。

她這麼容易接受解釋，難怪阿良良木會擔心。以這個狀況來看，她會被貝木先生耍得團團轉也是理所當然。

咦，可是瑞鳥是誰？

「火憐的男朋友。」

聽到我的詢問，月火妹妹毫不隱瞞告訴我答案。

「順帶一提，我的男朋友是蠟燭澤。」

「……啊？什麼？妳們都有男朋友？」

這我真的是第一次聽到。

嚇我一跳。

「我沒聽阿良良木提過這件事……」

「啊，因為哥哥把這兩個人當作不存在。」

火憐妹妹如此說著。

原來如此，直截了當淺顯易懂。

應該說淺顯易懂過頭了。

這確實很像阿良良木的作風，因為他再怎麼說，還是很溺愛這兩個妹妹。

從他平常的話語就略知一二，而且貝木先生騙了火憐妹妹那時候，他暴怒的程度更不用說。

真是哥哥的典範。

「順便問一下，妳們的男朋友是什麼樣的人？」

即使深入詢問這種事，應該也和現在面臨的問題無關，但我單純對火炎姊妹的男朋友感興趣，所以試著詢問她們。

然而她們卻回以這樣的答案。

「像是哥哥的傢伙。」

「像是哥哥的男生。」

我後悔問這個問題了。

這三個兄妹，果然……

但這件事如果是真的，阿良良木會把這兩個男朋友「當作不存在」也在所難免，不然肯定會陷入同類相斥的處境吧。

阿良良木之所以否定火炎姊妹的活動，肯定也是基於同類相斥，進一步來說是近似自我厭惡的狀況。

是的。

他抱持著迷惘與後悔而戰。

「這真的很傷腦筋。」火憐妹妹困惑搖了搖頭。「我們很想得到哥哥的認同，但哥哥為什麼不肯見瑞鳥與蠟燭澤一面？他就是在這種地方小心眼。」

「就是說啊，而且他自己卻把戰場原姊姊介紹給我們認識，有夠奸詐。」

「啊哈哈，這不是很可愛嗎？」

雖然這麼說很不好意思，但火憐與月火妹妹打從心底困擾的模樣看起來很有趣，使我忘記自己深陷的處境笑了出來。

率直笑了出來。

「沒什麼大不了的，簡單來說，就是阿良良木覺得可愛的妹妹被搶走，對妳們的兩個男朋友吃醋吧？也可以說妒火中燒……」

我愣住了。

因為自己的話語，愣住了。

吃醋——妒火中燒？

火燒？

嫉妒。

啊啊，說得也是。

這也是顯而易見，應該從一開始就聯想得到，關於「火」的關鍵字吧？

宛如火焰的……嫉妒。

即使是開玩笑，但阿良良木把她們的男朋友當作不存在，換言之就是阿良良木從真相移開目光——和我一樣。

只有這一點，和我一樣。

移開目光。

不願正視現實。
這種行為的起因，正是人類最為強烈的情緒之一，甚至列入七大罪的——嫉妒。
火熱的心情，心焦如焚的嫉妒。
所以是——妒火。
真相唐突擺在眼前，使我想移開目光也來不及。我顫抖的手，使得尚未完成的撲克牌塔瞬間倒塌。

060

人腦也能像硬碟一樣操作該有多好。現代社會的人們應該都有過這種念頭。
換句話說，要是想忘記的記憶（紀錄）可以立刻刪除當作不存在，不想正視的現實可以改寫，就不會忽然回想起心理創傷或恐懼回憶而壞了心情。如果頭腦有這樣的功能，那就太美妙了。
而且不知道基於什麼原因，我得到這種美妙的功能了。
切割記憶，切割內心。
以最近的例子來說，我今早在上學途中和艾比所特交談的這件事，就是淺顯易懂的例子。我自認有回想起春假事件，是懷抱畏懼的心情和他交談，不過在旁人眼中，應該是奇特至極的光景。

我和一個曾經想殺我的人相談甚歡。

有什麼比這件事還要異常？

可不是「他出乎意料健談」的程度，如果是漫畫或影集裡的角色就算了，身為現實世界人類的我，為什麼能做出這種恐怖的奇特行徑？

很明顯是一種異常。

只有當事人沒有察覺。

所以，我忘記了。

內臟粉碎那一瞬間的事情當然忘了（原本以為是打擊過大而失憶，但並非如此），當時對他抱持的恐怖心態與畏懼情緒，我也忘了。

即使身體記得，內心也忘了。

不，肯定連身體也忘了。

所以即使發生過那種事，我還是能過著健全的每一天。從來沒有像阿良良木那樣，每天受到後悔情緒的苛責而活。

不知道是何時開始的。

不知道從何時開始，我得到這種像是電腦的功能。

但是從現狀推測，我是在成為羽川翼之前——懂事之前就下意識做得到這種事，必須如此推測才合理。

我不知道自己為什麼會得到這種方便至極，已經可以稱為技能，連怪異也望塵莫及的能力。

我想，我已經在得到這個能力的第一時間，把成為契機的記憶切除了。

沒什麼大不了的——我在遇見障貓這種怪異之前，就已經幾乎是怪異了。忍野先生說過，我早就比任何人都像是妖怪，怪異不過是一種契機。這句話如今化為重擔壓在我身上。

不，或許障貓並不存在。

或許BLACK羽川從很久以前，就一直存在於我的體內。

而且，苛虎也是。

即使自認已經忘記，當作不存在，往事依然持續影響人生。

或許死纏著不放。

或許永遠擺脫不掉。

忍野先生以二十歲做為基準，但我甚至不認為這樣的基準值得信賴。

至少，只要我如此期望，只要我維持現狀，或許我就能維持現在的我。

而且是永遠。

如同夏洛克·福爾摩斯不被允許死亡，即使退休也被迫繼續活躍——持續下去。

或許會持續下去。

應該會持續下去。

……不過，已經結束了。

結束吧。

唯有結束一途。已經到極限了。

十五年來，也可能是十八年來，我居然一直這樣走來，太奇怪了。

欺瞞也要有個限度。

維持這種亂來方式至今的人生才奇怪，到這種地步，就會發現破綻百出。

走到這一步，唯一可行的方法就是矇騙自己。

這不是極限，是終點。

後來我繼續和阿良良木姊妹勤於蓋撲克牌塔（結果是月火妹妹獨贏。我直到中途都算順利，卻總是無法完成整座塔，月火妹妹還說，原來羽川姊姊也有做不到的事情），和下班回家的阿良良木父母共進晚餐，然後獨自窩在二樓阿良良木的房間。

明明才第二天，卻莫名有種習慣的感覺，果然因為這裡是阿良良木的房間吧。

首先，我把自己當成沒教養的孩子，就這麼穿著制服倒在床上，把臉埋入枕頭。

「呼～……」

我發出慵懶的聲音。

並不是放鬆力氣。

情緒反而算是緊繃。

「或許再也見不到阿良良木了……」

不過，這也是無可奈何。

如果我的推論正確——其實肯定正確——正因為阿良良木這段時間不在，苛虎才會出現在這座城鎮。

後來我繼續在床上翻來覆去五分鐘左右。

並不是毫無意義，這是有意義的。

這是動物的標記行為。我在阿良良木的床上，留下我的痕跡。

這是我不想在羽川家留下的痕跡。

但我想在阿良良木的房間，留下這樣的痕跡。

阿良良木肯定會察覺。

即使再也無法見面，他躺在這張床睡覺的時候，應該會多多少少想起我。

這樣就夠了。

以此滿足，自我滿足。

即使我的推論正確，而且我接下來要做的事情也順利成功，我依然覺得自己再也見不到阿良良木。

如果阿良良木平安回來，我也得以迎接他回來，那個時候的我，應該也不是阿良良木認識的我了。

艾比所特說，春假的我和現在的我判若兩人，但是阿良良木見到的我，將會是差異更大的另一個我。

要和過去對峙，要除掉苛虎，就是這麼回事。

「好，這樣就夠了。」

到最後，我甚至不曉得是在留下自己的味道，還是在聞阿良良木的味道，但我總算在七點半展開行動。

「不妙，得加快速度才行。」

在床上窩過頭了。

既然羽川家是在白天失火，就沒有根據能確定虎和貓一樣是夜行性，不過應該可以當成一項參考標準。

首先我脫下制服，以衣架掛好。

接著打開衣櫃，從阿良良木的便服挑一套比較方便行動的衣服穿上。

如果是睡衣就算了，連外出服都擅自借穿，令我難免有些內疚，不過阿良良木那麼想看我穿便服的樣子，或許對他來說是如願以償。

我忽然冒出惡作劇的心態，想要以手機拍下自己現在的樣子寄給阿良良木，可惜現在依然不知道阿良良木處於何種狀況。

不過仔細想想，「可能會為他添麻煩所以不聯絡」也只是好聽的藉口，是假裝自己懂事的表現。如果真的擔心他，就應該像戰場原同學那樣當下果斷嘗試聯絡，這樣才叫做人性吧？

所以，讓臉皮厚起來吧，寄張照片當成激勵吧，現在的我肯定還有能力激勵他。

我從衣架上的制服口袋取出手機，伸直手臂拍自己的照片。我也是女高中生，使用手機經驗已久，但這是我第一次自拍。

雖然失敗好幾次，但很快就抓到要訣，拍出我自己也滿意的一張照片。

把這張照片設為附件，不寫郵件內文就寄給阿良良木，然後關機。

下次打開手機的時候，我已經不在世間了。

所以與其說是惡作劇，更近於惡整。

就像是寄遺照給他。

這是至今一直被稱為優等生的我，對他進行的霸凌。

我還真殘忍。

不過這麼一來，我就了無牽掛了。

沒有能夠牽掛的事物了。

毫無牽掛進行準備吧。

我從書包取出筆記本與鉛筆，坐在椅子上，面對阿良良木的書桌。但我並不是要複習今天的功課，或是預習明天的功課。

我是要寫信。

寫一封信。

要如何開頭令我猶豫片刻，不過這時候刻意做作也無濟於事，所以我使用最普通的用語寫下第一行。

「致ＢＬＡＣＫ羽川小姐。」

……或許沒有必要這麼做。

或許是白費工夫。

因為我雖然沒有ＢＬＡＣＫ羽川的記憶，但ＢＬＡＣＫ羽川肯定有我的記憶。

即使如此，我還是堅持想以我的立場，把想法傳達給這位是我非我，從我獨立出來的女孩。

她至今一直代為承擔起我所有的黑暗面，我想要將這份謝意傳達給她，將這份願望傳達給她。

於是……

061

《致BLACK羽川小姐。
初次問候，幸會。
這麼說也不太對，我是羽川翼。
首先，請容我致謝。
包括黃金週的時候，以及文化祭前日的時候，妳代替我在各方面費盡心力，謝謝妳。
這一次，我想應該也會為妳增添許多麻煩。
總是造成妳的困擾，我由衷感到抱歉。
現在我就痛切體認到，當時我埋葬車禍喪生的妳，只是出自一廂情願的利己行徑，妳也因而受到我的束縛，這筆債我再怎麼償還應該也還不清。
這或許就是忍野先生常說「人只能自己救自己」這句話的真正意思。
以此誕生的緣分，因此衍生的責任，當事人都必須好好承受，如果沒有這樣的觀念，做任何事都只是表面工夫。
如同阿良良木拯救小忍，使得小忍受到阿良良木的束縛，我將妳化為BLACK羽川，和我束縛在一起。

而且我和阿良良木不同，對此完全不以為意，悠哉過著和平的生活。

這樣的罪孽何其深重。

所以我其實沒有立場提出這種請求，但要是維持現狀，我將傷害我重要的朋友。

只能拜託妳了。

妳是我唯一的依賴。

所以我打從出生至今，第一次說這句話——救救我。

請救救我。

請妳救救我。

我再也不會為妳添麻煩，也永遠不會讓妳孤單。

求求妳。

求求妳，這是我由衷的請求。

或許妳為了保護我非得聽命，我就算這麼說也無法改變什麼，但我由衷希望妳能協助我。

或許可以當作參考，關於這次的事件，我把自己知道的狀況寫下來。

雖然我們共享記憶，不過這次的妳似乎完全和我切割（我大致想像得到原因，詳情後述），我覺得這部分寫成文字比較淺顯易懂。

我和妳不同，只有片段零碎的記憶，沒辦法陳述任何事實，不過這應該是真相。

我不是無所不知，只是剛好知道而已。

我總是對阿良良木說這句話當成藉口，但也請容我對妳這麼說。

我會盡我所能，把我知道的事情告訴妳。

但其實用不著明講，妳是怪異，這件事對妳來說，是不用講也昭然若揭的事實。

那隻巨虎——苛虎的真面目和妳相同，是從我內心誕生的新品種怪異。

更為精確來說，是從我內心嶄新切割出來的嶄新怪異。

這一點我能斷言。

你們之間的最大差異，在於妳是以「障貓」這個古老怪異為根基，苛虎卻沒有這樣的來源與根基，無跡可循。

真要說的話，根基是妳。

妳是貓，所以苛虎是虎。

更加原始的野性。

比貓更屬根源的生物，比貓更加猙獰的猛獸，我想到的就是虎。

或許可以說是「衍生型」。

原本我應該更早察覺，不過包含妳在內，我這幾個月過於習慣和怪異相處。

遭遇怪異，就會受到怪異的吸引。

這是忍野先生說過的話。

如同阿良良木在春假之後，已經熟悉自己不死特性的運用方式，我在黃金週之後，也慣於將自己的心切割出去成為怪異。

如同戴隱形眼鏡，凡事只要習慣就好。

我熟練這種事之後，苛虎誕生了。

黃金週的妳、文化祭前日的妳以及這次的妳各有差異。與其說是個體差異，我認為是我的熟練度使然。

不需要像是忍野先生或阿良良木「處理」小忍那樣，ＢＬＡＣＫ羽川只在我睡著時出現，在我睡著的期間為我宣洩壓力，在我醒來的時候回到我體內，這樣的怪異簡直是方便主義的極致，對我來說則是令我非常感謝。

不過，這也是理所當然。

因為妳是我為自己創造的怪異。

當然會順我的心，如我的意。

只不過，這件事妳或許已經察覺，而且我剛開始在這方面也有所誤解，這次我之所以沒受到教訓再度叫出妳，我認為不只是為了宣洩住家失火的心理壓力。

神原學妹曾說「以為您會心情低落，不過看來沒這回事」，這當然是託妳的福，不過這只是附加效果。

和火災本身無關，火災的原因才是原因。

這是位於我的潛意識，應該說不在我記憶裡的部分，抱歉我只能講得像是事不關己，但我應該是因為當天看到苛虎，才會拜託妳出面對抗。

如同我從很久以前——從我接觸障貓之前，就一直依賴著妳。

這次我也想靠妳協助。

一般稱為「雙重人格」，學術上稱為「解離性人格疾患」的心理疾病，現代醫界對此抱持否定態度，我也不是站在肯定的這一邊。不過，即使這樣的定義並不正確，卻是最能淺顯易懂描述我這個人的定義。

阿良良木曾經對我說：「妳好恐怖。」

忍野先生曾經對我說：「班長妹的聖人風範很噁心。」

老實說，即使聽到他們這種感想，我也完全聽不懂話中含意。

因為我自認總是展現最自然的一面。

以阿良良木的說法，我為了成為平凡女孩而勉強自己，過度基於倫理行事，這樣的推論確實相當逼近真相，卻無法解釋我為何有這種天大的能耐。

這應該不是想做就做得到的事情。

但我為什麼做得到？

答案很簡單。

因為我從小就避免正視不利於我的現實，不斷切割自己的心。

戰場原同學前天以「對於黑暗極度遲鈍」來形容，她說得一點都沒錯，但我其實是「不去正視黑暗」。

我背對所有惡意與不幸至今。

我認為這絕不是自我防衛，反倒是自我犧牲。我將不利於自己的我切割出去，藉以維持原來的我。

如同我從教室窗戶看不見我的住家。

發生任何討厭的事情，就當成和自己無關切割出去；即使受苦受難，也當成和自己無關切割出去。

這麼一來，我的性格就無從扭曲。

想憂慮都無從憂慮。

甚至無法使壞。

這種扭曲是一個人活在世上的必備要素，我卻將這種要素全部拋棄。

所以當然會令人感到恐怖，感到噁心。

我曾經反駁阿良良木，認為他形容成「奇蹟」也太誇張了。因為我的存在方式比奇蹟還要殘酷，是血淋淋的成果。

沒有得到父母寵愛就是一種虐待。大人在輔導受到這種虐待長大的孩子時，最困難的地方在於要讓孩子承認自己受到虐待。

承認自己受到苛刻的虐待。

要接受自己不被父母寵愛的事實，並不簡單。

大多數的孩子，會將虐待的事實「當作不存在」。可能是以扭曲的方式解釋，或者是當作這種事情未曾發生，雖然症狀各有不同，但是共通點在於他們會從現實移開目光。

是的，我要在這時候承認。

我是在父母的虐待之下長大。

至今每一任父母都虐待我。

我連一次都沒有被愛。

我連一瞬都沒有被愛。

但我對此毫無自覺。

我認為任何家庭多少都有這種狀況，所以無視於自己的痛楚，即使臉部遭受毆打，我也不認為這是虐待，不會如此認為。我轉眼之間將這股心理壓力切割出去化為貓，並且當作不存在。

何況怎樣叫做虐待？這是一件非常易懂，同時也非常難懂的事情。

即使沒有使用暴力，虐待行徑還是有可能成立，講得偏激一點——不，這甚至也是普遍的論點——「嬌寵」也可能是一種虐待的形式。

名為教育的虐待，名為管教的虐待。

名為養育的虐待，名為親子關係的虐待。

有人認為，父母對子女做的一切都是虐待。這種意見極端來說也是成立的，所以無論是任何主張，我們或許都不應該完全否定，而是納為參考。畢竟「當事人不在意就不構成虐待」這種道理也說不通。這麼說有點模稜兩可，不過還是得仰賴綜合的判斷。

正因如此，我才能夠如此堅稱。

我隨時都可以移開目光，認為自己沒有受到虐待。

自己沒有被凌虐，自己沒有被棄養，自己不記得受過這種待遇，父母有為我做到必要最底限的事情……

這連狡辯都稱不上。

他們沒有為我做到最底限的事情。

只有對我做最差勁的事情。

我應該如此認為。

我受到「沒有被愛」這種最惡劣的虐待。

他們應該也有自己的一套說法，不過這對孩子來說完全無關。

父母愛子女不是應盡的義務，是一種心態，做不到就不該結婚，不該生兒育女。

如果感受不到痛苦，能夠和悲傷無緣，那麼無論是唸書或運動，無論在倫理層面或道德層面，總是能在毫無壓力的狀況下發揮最高水準。

如果不會感受到失敗的壓力，不會感受到遇險的不安，能夠讓身心不會感受到痛楚，這個人就能夠完美無比。

這就是優等生——羽川翼的真相。

我為什麼是我？這就是答案。無聊的答案。

能夠無視於乏味的事物。

所有人都背負著黑暗與痛苦，我卻把這種東西完全扔給別人，如此投機取巧的做法絕無僅有。

要是戰場原同學聽到這番話，肯定會火冒三丈。

回想起她這兩年來的苦惱——回想起她感受到痛苦而造成的兩年抗戰，我就知道自己之所以不會苦惱、不會感受到痛苦又不用抗戰，都是因為妳代替我承擔一切。

已經不是令戰場原同學「心煩」的程度了。

我接觸障貓這樣的怪異，使得ＢＬＡＣＫ羽川成形誕生，我對其中的機制非常感興趣，不過如前文所述，怪異只不過是一個契機。

妳就是妳。

不過，這次第三度出現的妳，相較於之前那兩次，和我的切割程度更加明顯，原因如前文所述，隨著次數的增加，我「變得熟練了」。

我剛才詢問蓋撲克牌塔的祕訣，月火妹妹說：「這種事說穿了就是熟能生巧，沒有什麼技術，就只是反覆練習，羽川姊姊練個二十次應該也做得到。」這個道理可以套用在絕大多數的事情上，所以比起第一次與第二次，我這次更加熟練將妳從內心切割出來。

讓妳以獨立的個性成立。

甚至可以形容為支離破碎，真過分。

不對，比過分還要過分。

因為就是基於這個原因，我這次從內心切割出來的獨立怪異，並不是只有妳。

還有另一個。

應該說還有另一隻。

在切割出妳之前，我就已經先切割出苛虎了。

妳是心理壓力的具體呈現，苛虎是嫉妒的具體呈現。

如果圖書館職員沒有提及，我就不會想到「新品種怪異」的可能性。同樣的，如果火憐與月火妹妹沒有提及，我就永遠不會想到這個關鍵字，不過想到之後，這兩個字就令我感到無比熟悉，甚至覺得這是唯一的可能。

嫉妒。

不過老實說，「嫉妒」這兩個字，真的是直到前天都和我無緣。

無須切割。

我未曾嫉妒任何人。

因為我處理任何事情，都可以在沒有壓力的狀況下驅使自己專注進行，是一名優秀到令人受不了的優等生。

我未曾妒忌他人。

甚至只有「大家怎麼不多努力一點？」，「明明大家更努力就行了」這種類似於不滿的想法。

現在回想起來，這是非常一廂情願的想法，也曾經害阿良良木生氣。大家和我不一樣，每天都在和壓力奮戰，應該會覺得投機取巧的我沒資格講這種話。

「只要努力，任何事都會成功。」

沒有努力，無須努力就能做到任何事的我，對阿良良木說出這種話的時候，阿良良木抱持著什麼樣的感受？我甚至沒有正視他的感受。

正因如此，我得以和嫉妒無緣。

不，並不能說完全無緣，不過我在至今人生感受、累積的嫉妒，肯定低於普通人的平均水準。

從內心切割出去的嫉妒總量可想而知。

然而在三天前，我的嫉妒總量一下子超越限度。

我回想起來了。

那一天，新學期的第一天。

我一如往常讓自動掃地機叫醒，洗臉並且整理儀容之後前往飯廳，看到我應該稱為父親與母親的兩人已經在吃早餐了。

我不以為意的接納這一幕，著手製作自己的早餐。但我當時清楚目擊到一幅光景。而且是足以令我立刻將這段記憶切除，立刻將這段記憶改寫的光景。

他與她吃的早餐菜色一模一樣。

我們三人住在同一個屋簷下卻形同陌路。原本應該是這樣沒錯，卻不知道基於什麼原因，他們兩人很明顯有人做了兩人份的早餐，並且一起用餐。

回想起來，我那天早上「挑選出」自用的烹飪器具做早餐，這就有問題了。我是最後進入廚房的人，不可能需要挑選烹飪器具，因為另外兩套都已經用過了。

換句話說，這無疑只代表一種含意，那就是其中一人為另一個人做了兩人份的早餐，而且一起吃早餐。

我被排除在外。

對此，我感到妒忌。

明確的嫉妒情緒。

……我覺得自己講這種話很奇怪。這種虐待我的父母，這種住在同一個屋簷下卻不能稱為家族的兩個人，要不要一起用餐應該都和我無關。

不過，我這股嫉妒情緒沒有理性的要素。

羽川家失火全毀，他們當天臨時得住進旅館的時候，我心中為什麼出現如此抗拒的心態？用這種非理性的方式就得以解釋。

我不想在狹小的房間裡遭受孤立。

如果是三人各自分開就算了。

我不願意成為兩人與一人。

並不是想要成為三人一起，是不願意成為兩人與一人。

即使要露宿街頭，我也不願意看到這種光景。

想要移開目光。

「希望那兩個人能以此為契機增進感情」這種好好先生的心態，完全是前述想法的反向呈現。

已經不是「差不多算是瘋了」的程度。

完全瘋了。

恐怖、噁心，而且愚蠢。

我沒能察覺自己這樣的想法，在察覺的時候切割出去，反而希望那兩個人能夠走得更近。擁有這種心態的我，已經不是人類了。

應該是怪異。

這種不是客套話的真心話，是我將目光移向另一面而產生的真心話。

他們感情冷淡的原因當然在於我，而且我這個罪魁禍首即將在半年後離開日本，所以原本就基於緣分結合的這兩個人，夫妻關係在這時候出現變化也沒什麼好訝異的。說不定兩人在黃金週一起住院才是真正的契機。

既然如此，我的心態就不合理了。我努力把責任歸咎在自己身上，卻還是嫉妒那兩個人的感情。

所以，並不是出自理性。

我嘴裡希望他們離婚，心裡希望他們破鏡重圓，卻不想看到他們感情很好。

總之，我妒忌他們的復合。

我打從心底嫉妒事到如今還想恢復為家族的他們。

妒火中燒。

我的嫉妒光是如此就超越限度，並且誕生出苛虎。

如同在黃金週產下妳，我在新學期產下虎。

我不需要以障貓這種怪異當成基礎，就能獨創出新品種怪異。這應該也是所謂的熟能生巧。

硬要說的話，其中存在著我對「苛政猛於虎」這句話的想法，不過這一點如同戰場原同學所說，我覺得若干受到臥煙小姐的誘導。

補充一點，我推測如果我那天上學途中沒有遇到真宵小妹，苛虎就不會誕生。

正因為我和真宵小妹對話的時候，得知阿良良木現在下落不明，換句話說，和妳之前登場的那兩次一樣，正因為知道苛虎不會被他收拾，那隻虎才會誕生。

對我來說，阿良良木應該是我內心的限制器。或許我比自己所想像的，更加期待在新學期的那一天，在學校教室見到阿良良木。

終於演變成時機對不對的問題了。

不過，這肯定是那隻虎在我和真宵小妹道別之後立刻出現的原因。

到最後，一切都是我的責任。

苛虎是從我內心脆弱層面誕生的妖怪。

燒盡一切的嫉妒之火。

羽川家失火的原因，當然是我對父母的嫉妒，補習班廢墟焚毀的原因也同樣是嫉妒。

對於阿良良木唯一求助的對象——神原學妹的嫉妒。

我個人認為當時的我，是對阿良良木感到憤怒，不過實際上，我應該和戰場原同學一樣，對神原學妹感到強烈的嫉妒。

應該要這樣才對。

一度察覺到的這種嫉妒情緒，很適合我這個人。

不過這份嫉妒，應該是立刻切割轉移給苛虎了。我預先為嫉妒的情緒準備了逃避宣洩的管道。

我剛才將苛虎形容成和妳一樣擁有獨立性的怪異，不過以苛虎的狀況，或許不應該叫做獨立性，而是自律性。

妳被我的身體束縛，但是苛虎和妳不一樣，能夠自由移動與行動。

因而害得大家充滿回憶的補習班廢墟焚毀。

戰場原同學說，那棟建築物是在我就寢過夜之後失火。從結果來看，她的這個推理落空了，不過如果是正確答案不知道該有多好。這可以說是苛虎的特性。

簡單來說，那隻虎會接連燒掉我妒忌的對象。

這麼一來，無論是戰場原同學的公寓或阿良良木的家，即使何時完全焚毀也不奇怪。原因不在於我借住過這些地方，而是我的妒忌。

雖然已經不在我的記憶裡，不過我好巧不巧有機會從內側觀察到父女之間擁有堅固羈絆的戰場原家，以及由信賴關係建立起圓滿家庭的阿良良木家，不知道家族與家庭為何物的我，當然不可能不嫉妒。

我不肯正視這份嫉妒，將嫉妒塞給苛虎，悠閒想著「很高興能夠被當成家族的一分子」這種事，我好想將這樣的自己詛咒到死，但我將詛咒的目標轉移了。

目前在這方面唯一的僥倖，就是苛虎與黃金週時的妳一樣，不是針對人類下手的怪異，縱火對象只限定於建築物。看來我心中清楚存在著不可以殺人的價值觀。

大概是因為我在春假期間，看到阿良良木在人命與救命的狹縫多麼掙扎吧。

不，不對。

這是冠冕堂皇的說法。

黃金週的時候，我在本質上沒有將他人看在眼裡，沒有將包含父母在內的受害者看在眼裡，就只是移開目光，只顧著宣洩自己的心理壓力，所以生命對我來說是第二順位（實際上，我在最後差點殺了阿良良木），純粹就是自我本位。

這次也一樣。

我真正羨慕與嫉妒的對象不是人，而是場所。

能夠成為歸宿的場所。

所以我的對象與其說是建築物，應該說是家。

人與人生活的場所。

因為我沒有自己的房間，只能在走廊睡覺，所以將名為「羽川家」的場所，將名為「補習班廢墟」的場所燒個精光。

我創造了這樣的虎。

我想要得到自己的棲身之所，嫉妒那些理所當然擁有這種場所的人。

所以比起燒掉人，我更想燒掉家。

那種家還是消失算了。這種破壞衝動，這種超越羨慕的嫉妒，全部由苛虎承受，導致縱火。

導致縱情。

我曾說自己擁有普通人程度的破壞衝動，許下「那種家還是消失算了」的願望。

我曾經隨口說出這種話。

「普通人程度」是何種程度？

「普通人程度」有多麼痛苦？

我明明一無所知，甚至不去求知。

切除之後平淡如兒戲的破壞衝動，我視為普通的情緒，認定自己是個平凡人。

過度保護自己。

這樣如同虐待自己。

是的。

我比任何人都虐待我自己。

扼殺我自己至今。

我認為這樣的自我分析大致正確，不過即使如此，也不表示一切都如同黃金週，不用擔心有人會被燒死。

無論是羽川家還是補習班廢墟，都只不過是湊巧沒人，如果當時裡面有人，肯定會被燒死。

如果苛虎動手的時候，阿良良木與神原學妹就在建築物裡……

想像到這裡，我就毛骨悚然。

而且這樣的想像，接下來可能會在戰場原同學的公寓或阿良良木的家成真。

戰場原同學和她父親的關係，阿良良木姊妹和阿良良木的關係，我無法斷言不嫉妒。

其實「不知道嫉妒」肯定是謊言。我對他人的羨慕等同於嫉妒。

我想要那樣的父親。

我想要每天早上被那樣的妹妹們叫醒。

這份想法，化為火焰。

……至今我從來沒有「借住」朋友家，這可以說是非常正確的做法。不，或許該說我至今一直下意識避免自己這麼做。

不對。

要是苛虎「熟能生巧」——反覆引發火災而熟練，或許不限於我借住過的地方，世界上所有家庭都會失火。

包括學校。

包括圖書館。

包括公園。

有可能全部焚毀。

我就是如此妒忌溫暖的家庭。

妒忌到想要放火燒光這些溫暖。

……老實說，我不知道妳——名為ＢＬＡＣＫ羽川的怪異，擁有何種價值觀。

即使妳共享我的記憶與知識，並且會正視我不願正視的事物，妳的人格與個性似乎完全和我不同（不然雙重人格就沒意義了）。

所以我不知道妳對這種苛虎現象，對於我這種推理做何感想。

或許妳覺得發生這種現象也無妨。至少以怪異的角度，這應該是正確答案。

「縱火是重罪，不過這並非法律能夠制裁的現象，所以不用擔憂。」

或許妳會對我這麼說。

這也是另一種見解。

我內心某處，確實也想接受這種說法。

不過，我希望這種事到此為止。

只要不如意就切除一塊自己的心，不斷創造各種怪異，把責任扔到我以外的某處害得他人受苦，而且自己完全不會意識到這件事，過得悠哉又愉快。

這是何等惡夢？

從黃金週開始，我不知道已經害得許多人傷痕累累，散播災厄的種子，而且我自己並不知情。

宛如捏臉頰也不會痛。

我簡直就是過著這樣的人生。

我並非想扮演好人，並非想扮演善人，再怎麼遵循道德與倫理，也因為我總是把某些事物當成墊腳石而沒有意義。

我不想踩著妳與苛虎活下去。

即使能解決這次苛虎的事件，或許下次又會誕生獅子，再下一次則是豹，我應該會這樣重蹈覆轍吧？

即使你們表示不在意這種事，表示自己就是為此誕生，我也已經下定決心了。

我以這顆不斷切割，如今甚至連核心都不留的心，做出決定了。

要結束這一切。

不對，是如今終於開始。

不只是苛虎，也包括妳。

我要將移開的目光轉回正面。

將緊閉的雙眼張開。

沉睡十八年至今的睡美人，已經非得清醒了。

所以ＢＬＡＣＫ羽川小姐，求求妳。

回來吧。

請回到我的心。

請和苛虎一起回來吧。

求求妳，這是我由衷的請求。

我的心是妳的家。

我不會讓妳孤單，所以請妳別讓我孤單。

如果忍野先生那番話是對的，等到我二十歲……或許不用等到那時候，妳和苛虎

不久之後就會消失。

少女會有的青春期幻想，或許成年之後就會消失，就會離開。

現在的妳，就已經類似餘韻了吧。

不久之後，應該就會消失。

這是原本該有的樣子。

不過，這一點請妳務必答應我。

請不要消失，請不要離開。

請回來吧。

不要再各自為政了。

我的心很狹小，但我們一起住進來吧。即使偶有摩擦，也像是一家人一樣共同生活吧。

我不會再說「該睡則睡」這種話。

我現在發誓，無論是壓力、嫉妒、不安、痛苦、負面的可能性或是深邃的黑暗，我會深愛這一切。

雖然這種願望非常厚臉皮，但我已經決定要厚著臉皮活下去了。

……阿良良木大概會失望吧。

因為他在我身上找到的價值，就只有戰場原同學所形容的潔白無瑕，欠缺野性。

老實說，只有這一點令我於心不忍。

我不想讓阿良良木失望。

到最後，我還是未曾向他示愛。

擅自愛戀，逕自失戀。

直到春假都未曾交談過的他，為何會如此吸引我，而且至今也像這樣令我依依不捨為情所困，坦白說不可思議，但現在我終於明白了。

我至今認識的人，只有他敢正視自己軟弱的一面，所以他在我眼中耀眼無比。

耀眼到直視會令我失明。

我懷念起那天晚上，和戰場原同學暢談阿良良木壞話的那段時光。戰場原同學在這方面應該也和我一樣，我們對阿良良木所說的壞話，到最後都成為讚美。

比方說，他是個爛好人。

我們談論的總是這種話題。

對他的怒意，都是發自真心的好意。

只有對他的這份心意，我無法切割。

我在變成妳的時候，也一直一直喜歡著阿良良木。

……他曾經哭著說不想死，卻還是拯救了瀕死的小忍。

如果是我，他肯定會面帶笑容救我吧。

是的，要說我從哪一瞬間喜歡上他，應該是他哭著和小忍相互廝殺的那時候。

因為，我未曾哭泣。

肯定從出生至今都沒有掉過眼淚。

所以，我喜歡上愛哭的阿良良木。

艾比所特說我變得平凡了，但如果我更進一步，變得不再是現在的我……

如果我變成真實的我，阿良良木又會哭嗎？

我真的不願意見到這種結果。

不過，我不再從討厭的事物移開目光了。

我要正視阿良良木應該會失望的現實，和你們合而為一。

這也是為了能繼續喜歡阿良良木。

我想這麼做。

BLACK羽川小姐。

仔細想想，這樣的稱呼好見外。

我心中的我。

我許應該稱為「另一個我」？

總覺得這也不太對。

對我來說，妳肯定像是我的妹妹。我看到火憐與月火妹妹之後就這麼想了。

對不起，我是個沒用的姊姊。

對不起，至今總是害妳擔心了。

這真的是我最後的請求。

這是最後一次把爛攤子丟給妳。

請妳拯救我們的另一個妹妹。

雖然這個妹妹正在離家出走，只顧著玩火，完全就是燙手山芋，但我永遠期盼著她回來。

我愛妳們，我愛我自己。

臨書倉卒，不盡欲言》

……嗯。

我把主人睡前寫的信看完了喵。

該怎喵說喵……

我一直覺得主人和我這種笨蛋不一樣，是很有智慧的生物喵。不過看來似乎和我差不多笨，說不定比我還笨喵。

依照這封信的理論來看，我笨肯定是因為主人聰明，不過這種說法不太對喵。

其實用不著寫這封信拜託我，反正我按照角色設定，只能遵守主人的意圖，依照主人的意思行事喵。只要主人正常睡覺，我今晚就會動身修理那隻虎喵。

既然主人自己已經察覺虎——苛虎的真喵目，共享記憶的我，當然鉅細喵遺知道詳情喵。

不對，主人早就明白這件事喵。信裡就是這喵寫的喵。

換句話說，主人明知如此，還是不得不像這樣拜託我喵。

該說循規蹈矩喵，光從這一點就知道主人不是普通人喵，但主人自己到最後還是沒察覺喵。

這才是無比悲劇喵。

「喵……」

我把筆記本放回桌上。

實際上，我也擁有主人寫這封信的記憶，以這個意義來說，我即使不看內容也知道寫了什喵，但我還是特地花時間仔細閱讀，所以我也沒資格講主人喵。

無論如何，這樣現狀就整理得差不多了喵。

苛虎。

主人的病灶。

一切真相大白喵。

雖然這喵說，但主人終究也誤會了幾件事喵……不過這是在判斷根據不足的狀況進行的推理，所以是無法避免的錯誤喵。

而且語法與文筆亂得不像主人，肯定不是以冷靜情緒完成的喵。

在這種狀況想拿滿分是一種奢求，光是能拿下評價A的八十分就很好了喵。

「但我還是似懂非懂喵。主人對家庭或家族嫉妒到想放火燒掉，為什麼對於戰場原黑儀和阿良良木曆交往就毫無嫉妒情緒喵？深入探討這個問題也不為過喵。」

主人內心最強烈的情緒，就是愛戀喵。

只要回憶文化祭前日的那次變身，就無須多加解釋喵。

換句話說，人類小子的小妹從「火」這個字首先聯想到的是「愛戀」，這是正確答案喵。

所以基於這個意義，首先該燒掉的不是羽川家也不是補習班廢墟，應該是戰場原黑儀本人。

難道主人沒有想到這個事實喵？

不對。

應該是移開目光了喵。

所以，既然主人如今不再移開目光，決定要正視所有真相，那喵主人總有一天會發現這個理由喵。

可是，主人承受得了喵？

無法從內心切除這個殘酷真相的主人，承受得了喵？

「愛我和苛虎，而且愛自己。我不認為主人知道這是多喵困難的事情喵。即使主人的狀況比較極端，不過任何人多多少少都不願意正視壓力與嫉妒喵。」

能夠坦然正視世間的傢伙並不多喵。為什喵只有主人要背負這喵沉重的枷鎖喵？

甚至不得不讓我與苛虎背負喵。

只是切除，並不代表不會痛喵。

切割內心，反倒才是最痛苦的行為喵。

「主人最大的錯誤，在於把老子稱為家人喵，喵哈哈。老子只不過是一隻受到豢養的家貓喵。」

不對，應該是野貓。

何況在路上出車禍的我是公貓，把我稱為妹妹也很奇怪喵。不過，即使來源是障貓，既然我是以主人切割出來的心打造而成，性別就變得喵糊不清，要叫妹妹還是弟弟都有點問題喵。

討論怪異的性別毫無意義喵。

話說，主人把那隻巨虎稱為妹妹也很誇張喵，主人應該知道，在野獸之中，母的比公的還要凶暴喵。

要除掉或是收拾掉就算了，居然要我把牠當成家人帶回主人心裡，這種願望太亂來了喵，意思就是不能不問生死，而是要活捉喵？

別說傻話喵。

我早就打算主動去修理牠一頓，但主人的要求難度更高喵。

那個穿夏威夷衫的專家應該會說「不要試圖以暴力方式解決，怪異跟人類必須更加和平共存」這種話，人類小子經常被他這樣訓誡喵。

雖然同樣是新品種怪異，同樣是主人誕生出來的怪異，但那傢伙和我不一樣，並不是以任何怪異為基礎，沒有參考依據喵。不是怪異的主人，果然不知道這代表什喵意思喵。

喵有留下文獻，喵有留下紀錄，喵有被人們口耳相傳，對於怪異來說，究竟意味著多麼自由的發展空間喵？

老實說，我不敢想像喵。

只有一件事可以斷言：那隻虎喵有死角，喵有弱點。

別說帶回來，要對抗都是一件難事喵。

只能正面對峙，直接毀掉牠的長處喵。

「唉～……」

我嘆了口氣。

真是沉重的負擔喵。

好有分量喵。

「其實一點都無所謂喵。我只是為主人效力的怪異，無論是主人父母家燒掉、朋友家燒掉，或是任何人的家燒掉，我打從心底覺得無所謂喵，看到熊熊燃燒的火焰反而會痛快無比喵。」

苛虎以嫉妒塑造而成，我以心理壓力塑造而成，兩者基本上喵有太大差別喵。

那傢伙也說過我是同種的怪異喵，所以真要說的話，我能理解苛虎的想法喵。

我和那傢伙的差別，就只有是否和主人獨立而已喵。

實際上，我不認為這樣有什喵意義喵。

主人也明白，我是無論如何遲早會消失的怪異，不久之後就消失的餘韻喵。

苛虎或許也如此喵。

只要扔著不管，或許不久之後就會把情緒之火釋放殆盡，消失得乾乾淨淨喵，所以主人或許用不著全部收回來一肩承擔喵。

不只是用不著這喵做，做了反而可能造成反效果喵。

我的現身，肯定也有造成主人的負擔，所以不應該是接納，而是除掉喵。

應該要消滅喵。

這不是什喵難事，反而很簡單，只要主人如此期望，肯定就能除掉喵。

但是主人並不是選擇這種做法喵。

而是想把切割出來的我和苛虎收回喵。

這樣很奇怪喵。

我和苛虎，明明都是主人的累贅喵。

如果主人真的是聰明人，應該要堅決排除我們喵，而且肯定做得到喵。

「所以……毫無意義喵。」

戰場原黑儀變了。

人類小子應該也變了。

主人，也變了。

不過，事情不會因為這種改變而改變，這就是世間常理喵。

即使戰場原黑儀變了，她的往事也不會消失喵；即使人類小子變了，他的往事也不會消失喵。

不會改變，不會替換，不會變質。

人們一輩子都是自己喵。

在春假，主人想找吸血鬼而在城鎮徘徊，並且創造出我，但是喵有任何事情因而改變喵。既然這樣，我還是就這樣消失才正確喵。

人類小子與那個夏威夷衫小子，肯定也是這喵希望喵。

我是累贅喵。

苛虎也是累贅喵。

「可是，主人拜託我了喵……」

這種心情是怎喵回事？

無論主人是否拜託，我要做的事情明明相同，為什喵我現在充滿幹勁？

只會拖累我的沉重負擔，為什喵令我如此舒服？

只不過是無處可歸的我得到歸宿，有個能夠回去的家等待著我，為什喵我就覺得任何事都難不倒我喵？

好開心喵。

快哭出來了喵。

「雖然這喵說，但我並不會哭。因為我是貓，不會哭，只會喵喵叫。」

喵嗚～

我發出呼嚕呼嚕的聲音，打開窗鎖。

昨晚忘記鎖窗戶，所以被主人發現我再度現身（其實還留下很多其他的證據，就算有鎖還是會被發現），但我已經不可能維持原樣回到這個房間了，所以不用在意這種事喵。

主人似乎是希望我行動方便，才幫我挑了這身衣服，不過對我來說，光溜溜才叫做方便行動喵。但是這喵做終究對主人不好（黃金週只穿內衣外出的行徑，現在回想起來也對不起主人喵），所以就接受主人這番好意喵。

不過還是堅持赤腳喵。

我腳踩窗框的時候，忽然出現一個念頭喵。

這次的事件無論以何種結果落幕，主人都不再是現在的主人，同樣的，我也不會是現在的我喵。

並不是因為ＢＬＡＣＫ羽川有個體差異，這次我真的再也不會出現在表層喵。

在五月與六月擱置的問題——叫做「ＢＬＡＣＫ羽川」的怪異，這次真的會做個了結喵。

既然這樣，我也留句話喵。

以我的狀況，感覺算是留下遺書喵？

不，並不是。

我即使死掉也不是消失，只不過是回家喵。

只是晚了好久才回家喵。

「接下來，就是最後一次為主人效力喵。」

我寫不出太長的文章喵。

我拿起鉛筆，在主人這封信後面簡單加上一行字，接著從完全打開的窗戶，朝著月夜縱身而出。

「我出門了。」

062

吾輩為虎，名為苛虎。

大致知道自己誕生於何處，只記得曾經在一個陰暗潮溼的地方不斷啜泣。不只是嫉妒，吾輩以所有負面情緒組成。

吾輩是黑暗的產物。

令人不禁移開目光的黑暗。

但無論吾輩是什麼身分、什麼名字，出生於何處又如何組成，這種事不重要。

苛虎這個名字，甚至令吾輩感到困擾。俗話說「虎死留皮，人死留名」，但吾輩只以黑暗組成，從一開始就等同於死亡，所以不打算留皮或留名。

不打算留下任何灰燼。

焚燒到不留一磚一瓦。

燒盡一切。

對於吾輩來說最重要的，只有體內熊熊燃燒，蘊含熱度的這份義務感。

苛虎不在意過往的一切。

非得要燃燒才行，背負著燃燒的義務。

燃燒什麼？

一切。

吾輩在誕生的下一瞬間，看見產下吾輩的母體。

不應該以母親來形容，應該是雙胞胎姊姊。

蘊藏在吾輩內心的火焰，似乎就來自那位姊姊——那位傑出、堅強、恐怖、脆弱，純白的姊姊。

純白、潔白、白淨無瑕——白得極端。

和吾輩完全不同的美麗姊姊。

真的好美麗。

扶持這份美麗，扶持這份潔白的正是吾輩。

想到這裡，吾輩驕傲不已。

然而，這種事也不重要。

火種是什麼都無妨。

火勢如何蔓延都無妨。

吾輩內心只有義務感，沒有為她效力的念頭。

和吾輩同樣誕生於她的那隻貓說得沒錯，吾輩不打算加害於她。

吾輩沒有設定。

真要說的話，只是火焰。

白色的火焰，這就是吾輩。

沒有賦予意識與意念，即使看起來正在述說想法，也只是煞有其事的偽裝。

吾輩是自然現象。

只是將能燒的東西燒盡。

不。

世上沒有任何東西燒不掉。

必須燒盡一切。
吾輩的內側，妒忌著所有事物。
妒忌父母，妒忌朋友，妒忌後輩。
消失吧。
不見吧。
痛苦吧，悲傷吧，失落吧。
嘆息吧，沉淪吧，沮喪吧。
哭泣吧。
如同吾輩一樣哭泣吧。
淚水或許可以削減苛政，削減火勢。（註18）
好啦，今晚要燒掉什麼？
吾輩之火要焚燒什麼？
即使遲早要燒盡一切，還是有先後順序。
有優先順位。
接下來就是這棟建築物。
吾輩浮現這個念頭時，不，吾輩還沒浮現這個念頭時，就位於此處了。

註18　日文「苛政」和「火勢」音同。

沒有意向，沒有意圖。

這就是吾輩。

吾輩就是如此。

沒有先來後到的問題。

會在任何地方出現。

會將任何地方焚毀。

吾輩抬頭仔細審視這棟建築物。

嗯。

原來如此。

比起燒掉一間平房或一棟大樓，這次簡單多了。

不過，無論簡單或麻煩都一樣。

只要確定目標，就無須猶豫。

一切都一樣。

雖然不是無所不知，但無所不燒。

吾輩齜牙咧嘴，張開血盆大口。

準備噴出火。

噴出火焰。

「喵！」

這一剎那，吾輩與目標之間……出現貓。

一隻銀色的小貓，宛如長了翅膀從天而降，擋在吾輩面前。

063

正如預料，苛虎就在戰場原黑儀與父親居住的公寓──民倉莊門口喵。如果這個預料落空，我就會立刻像上次一樣爬上屋頂環視城鎮尋找，但我這喵做並不是毫無確信。

我知道喵。

因為我和苛虎，原本是同樣的個體喵。

是從相同地方誕生的同類喵。

所以……

「喲，虎。」

我如此說著。

算是問候喵。

「……我來接妳了喵，一起回去喵。」

『…………』

不過苛虎完全喵有回應，這一點也是正如預料喵。

就只是無言瞪我喵。

啊～……

像這樣對峙就發現，虎這種生物……更正，這種怪物真的有夠大隻喵，現實世界的虎不可能龐大成這樣喵。

該怎喵說，抓不到距離感喵。

雖然不是模仿一寸法師的童話，不過從牠嘴巴鑽進去扯爛牠的內臟，似乎才是正確的方法喵。

哎，如果是要收拾牠，這個方法應該可行，但我並不是要收拾牠喵。

『滾。』

苛虎沉默好久終於開口，卻是講這種話喵。

『吾輩要燒掉這裡，妳會礙事。』

「……哈。」

該怎喵說呢，我笑了喵。

與其說苦笑……嗯，應該說失笑。喵。

為什喵呢？既然是看起來如此巨大又充滿壓迫感的虎，這句話聽起來應該更加有分量喵。上次見面的時候，我也像這樣提心吊膽和這個傢伙對話喵。

不過，我錯了喵。

這傢伙，毫無分量可言喵。

沒有情緒喵。

宛如剛出生的嬰兒，還不懂對話與溝通的技術，所以對話無法成立喵。

雖然以剛出生來形容，但是這傢伙本來就是幾天前才誕生，真要說的話也是理所當然喵，牠是原創的怪異喵。

史無前例的原創怪異喵。

主人從內心切割出來的新品種怪異喵。

即使如此，這種原創的怪異，基於個人創作而誕生的怪異，其實並不稀奇喵。以前有個叫做鳥山石燕的畫家以繪製妖怪圖維生，而且會在傳統妖怪裡，偷偷混入自己構思的妖怪喵。

任何時代的創作者，都嚮往創作出匹敵傳統的成品喵。

為了創造出匹敵傳統妖怪的個體，需要具備無比的才華……不對，是能量喵。

以主人的狀況，能量來自心理壓力，來自負面情緒喵。

不過，從這份情緒誕生的苛虎，卻因為剛誕生所以缺乏情緒，聽起來挺諷刺喵。

不對，不是這樣喵？

並不是剛出生所以缺乏情緒，或許主人下意識刻意將苛虎打造成這種怪異喵。

因為誕生自情緒，所以是毫無情緒之虎喵。

無情之野性喵。

『燒掉，要燒掉。滾一邊去，一切都太遲了，吾輩要燒盡一切，首先就是燒掉這個家。』

『哼。』

「……主人不期望這種結果喵。」

苛虎將我的這句話一笑置之。

不對喵。

牠應該聽不懂我這番話的意義喵。

雖然這傢伙應該不像我這喵笨，卻比我還不好通融喵。

『那個女人是否期望如此，和吾輩無關。妳要把那個女人稱為主人是妳的事，但是對吾輩而言，那個女人什麼都不是，就只是引發縱火衝動的水源。』

苛虎如此說著。

「縱火衝動的水源……這種講法很奇怪喵。」

雖然吐槽沒什喵意義，但我還是吐槽了喵。

牠果然沒聽懂喵。

看來牠那句話並不是故意開玩笑喵。

不過……

「虎，不可能什喵都不是吧？她是產下我們的血親喵。」

『血親？這才正是無聊透頂。』

虎無情低語喵。

對話完全不成立喵。

『血親是何等無聊的存在，最清楚這一點的，正是那個女人吧？』

「啊～或許喵～」

牠說到痛處了喵。

即使是剛出生，即使是這種怪異，依然有如此精闢的見解，該說不愧是以主人做為「水源」的怪異喵？

「就是因為這樣，所以主人不是把我們叫做女兒，而是叫做妹妹喵。」

『妹妹……』

「雖然不知道是怎喵回事，不過我聽人類小子說過，這稱呼很萌喔，喵哈哈！」我發出笑聲。「或許妳這種可燃角色，正適合掛上這個稱號喵。」（註19）

但苛虎依然執迷不悟。

註19　日文「燃」和「萌」同音。

『……哼，吾輩對稱號沒興趣，吾輩是把想燒之物燒盡的自然現象，類似自動機械。吾輩不萌。』

「是喵……」

唔～……

看來不可能溝通喵。

我自認已經很努力了喵……不對，說到努力，我自認在文化祭前日的那一次也很努力喵。

或許說出來不會有人相信，但黃金週那次，我有反省自己做得太過火喵。所以我希望盡量和平解決喵。不過，文化祭前日的那一次，我的對手是人類小子，換句話說對付的是人類，所以喵辦法溝通也情有可原，但這次對付的是怪異，而且同樣是主人創造出來的怪異，卻還是完全喵辦法溝通，這實在令我洩氣喵。

而且應該也不能只把責任推給苛虎喵。

哎，這也無可奈何喵。

不過即使如此，我不認為主人親自出馬就能說服苛虎，所以就某方面來說是適才適所喵。

把離家出走的女兒帶回家，肯定是我的職責喵。

苛虎和我不同，並非和主人共享記憶，也沒有共享情感喵。

即使系出同源，我和牠也是不同的怪異喵。

正因如此，我才非得用話語和這傢伙溝通喵。

「喂，虎。」

『什麼事，貓？』

「話說在前面，如果是基於我自己的立場，我不打算對妳至今的所作所為插嘴喵，關於燒掉住家與燒掉大樓的行徑，我不打算找妳問罪喵，因為縱火罪之類的只是人類的論點喵。」

如果做這種事就要逮捕，大部分的怪異都得逮捕喵，包括黃金週的我喵。

何況，雖然虎之怪異就有很多種，火之怪異卻有更多種，甚至多不可數喵，甚至真的會令人提出「這幾種怪異還不是一樣？」這種質疑，世界上就是有這喵多的火之怪異喵。

總不可能全都逮捕喵。

就像是違規停車的罰單永遠開不完喵。

『沒錯吧？那麼……』

「不過……」

苛虎想表達意見，卻被我打斷。

我打斷牠的話語，瞪向牠。

「我說過喵，要是敢危害主人，老子不會放過妳喵。」

『一派胡言。』

苛虎露出詫異的表情。與其說無法溝通，不如說牠真的聽不懂喵。

『那種女人對吾輩不重要，所以吾輩絲毫不想危害她。不過到頭來，吾輩想燒掉這間公寓的想法，來源不是別的，正是妳的主人。』

「…………」

應該是這樣喵。

對於這隻虎來說，這就是真相喵。

不對……對於任何人來說，這都是真相喵。

主人嫉妒戰場原家，嫉妒到想放火燒掉。這是真的喵。

主人嫉妒我在黃金週送進醫院的那兩個父母，嫉妒只找猴女幫忙的人類小子，這都是真的喵。

不過……

「主人想壓抑這份嫉妒的想法也是真的喵……虎，妳對此視而不見喵。」

『囉唆。那個女人就是壓抑過頭，才誕生出吾輩這樣的怪異吧？那就是自作自受，吾輩之火不會揣測這種隱情。』

只要燃燒，只要焚燒。

宛如洗淨一切，沖刷一切。

焚燒殆盡，宛如未曾發生。

宛如一切從未發生。

苛虎朝我接近一步。

喵。

出乎意料，對方似乎比我先耐不住性子喵，畢竟牠的根源是火焰喵。

會燒焦，所以也會焦急喵。

「總之，以怪異的角度來看，妳是對的喵。」

我如此說著。

我不得不承認這一點喵。

我的做法比較不像怪異。而且身為障貓的我別說報恩，報復才是最高原則喵。

如果會危害主人，我一開始就會下手喵。

但我的心境卻不斷變化喵。

如今甚至像這樣挺身保護主人，世事真難預料喵。

這樣的我，簡直就像是……人類喵。

「妳現在想燒掉的這間公寓，住著主人的朋友喵。既然是這個時間，裡頭不可能像之前兩次一樣空無一人喵。」

應該是照常在屋內熟睡喵。

以那個女人的個性，雖然她擔心自己家或阿良良木家會失火，還是會不以為意照常就寢喵。

搜尋主人的記憶就會知道喵。

那個女人，就是如此信賴主人喵。

所以，我也非戰不可喵。

以ＢＬＡＣＫ羽川的身分戰鬥喵。

以羽川翼的身分戰鬥。

「要是那個女人死了，主人一定會哭喵，我無論如何都要阻止這種事發生喵。」

『哼，吾輩保證不會有這種事。』虎不在意我這番話如此說著。『這個女人不會哭，想哭的時候會切割想哭的心，厭惡的時候會切除厭惡的心，她以這種方式活了十八年，並且創造出吾輩與妳。不對，今後肯定也永遠……』

以這種方式一直活下去。

誕生大量的怪物。

只讓自己維持純白——潔淨脫俗。

不會憎恨任何人，不會怨恨任何人。

以善心對待眾人，以愛心對待眾人。

美麗活下去。

永遠是真物。

苛虎如此說著。

「錯了。」

對於這番說法，老子我……

不對喵。

現在說話的不是我喵……是另一個我。

是我。

我——羽川翼，否定牠這番說法。

「我已經下定決心要結束這種事了。我將會憎恨別人，怨恨別人，無法像之前一樣以善心對待眾人，也無法以愛心對待眾人。我會惹人厭，也會惹人嫌，會變得容易生氣，沒辦法原諒他人，會煩躁，會生氣，可能會變笨，可能會失去笑容，可能會暗自哭泣。」

沒錯。

阿良良木真的會失望吧。

我肯定再也無法像之前那樣，對他的胡鬧行徑視而不見……啊，但如果是阿良良木，這樣或許也會令他高興吧。

因為他是這樣的人。

他是溫柔的人。

真的……令我妒忌。

「不過，這樣就好。我願意這樣。」

我再也不要背對現實了。

再也不要逼你們扮黑臉了。

我對妳們做出的行徑，不就是我至今受到的待遇嗎？

「我不想當真物，我想當人物。」我如此說著。「不美麗也無妨，不潔白也無妨，我想和妳們一起弄髒自己。」

不可能永遠當一名不知汙穢為何物的少女。我想知道汙穢為何物。

並不是想要變成黑色。

不過，我要連同黑與白一起接納。

我想成為灰色的大人。

我受夠這種即使失戀也哭不出來的人生了。

「回來吧……門禁時間到了，回來一起吃飯吧。」

我如此說著，朝苛虎伸出手。

『……囉唆。』

虎如此說著，露出獠牙撲向我。

064

這一瞬間，我當然和主人對調，重新出現在表層。但此時發生了一些問題喵。成為我怪異源頭的障貓，在戰鬥層面不值得依賴，是非常弱的低等妖怪喵。不是戰鬥型的怪異喵。

苛虎是毫無來源可循，自由度很高的怪異，由我來應付牠有點不夠格喵（我也知道在這種場合使用「不夠格」是誤用，不過這樣講也沒關係吧？既然知道我誤用，你們肯定知道我原本的意思喵！要改口講「不夠力」很麻煩喵！現在老子正處於你死我活的緊要關頭喵！）。

何況，即使我是先誕生的怪異，但如果因此定義我是姊姊，苛虎是妹妹，這種說法也很怪喵，因為是怪異所以很怪喵。

主人曾經形容阿良良木姊妹與人類小子是年齡有段差距的三胞胎，我、主人與苛虎也類似這種感覺喵。但我認為苛虎絕對不是么妹喵。

因為所謂的心理壓力，是經由情緒的糾葛而產生喵。如果苛虎的水源是主人，我的水源有可能是苛虎喵。

我只不過是先誕生出來，先存在的或許是苛虎喵。

所以即使進行單純的比較，苛虎的怪異級數很有可能高於ＢＬＡＣＫ羽川，而且有件事讓問題更加複雜，那就是苛虎是ＢＬＡＣＫ羽川的後繼機種喵。

電腦之類的機器，都是越晚誕生的越優秀吧？

同理可證，如果只是正常交戰，我不可能打倒苛虎喵。

主人在信裡提過，相較於我誕生的那時候，主人「創造怪異」的能力也更加熟練，所以這次誕生的是虎喵。

貓對虎，勝負顯而易見喵。

顯而易見，不禁令我想移開目光喵。

……但主人不再移開目光，而是正視這一切，所以我也不能捲著尾巴逃走喵。

何況，障貓並沒有尾巴喵。

「……呼！」

我千鈞一髮躲開苛虎的利牙，就這喵像是不入虎穴焉得虎子，鑽到牠巨大身軀的下方喵。

這是利用對方巨大身體的戰法喵。

有句成語叫做「窮鼠齧貓」，所以窮貓齧虎應該也不奇怪喵……而且！

「唔……喵啊啊啊！」

我有王牌。

身為障貓的王牌——能量吸取！

能量吸取。

即使對方是怪異也同樣管用喵。只要我「吸收」苛虎回到主人身邊，就可以完成任務喵。

就可以順利完成主人的委託喵。

用這種方法帶回離家出走的女兒可能有點粗暴，就等回家之後好好溝通喵。

家庭問題喵有特效藥喵。

也不會像是劇本寫得過於理想的家庭連續劇，一下子就可以和解喵。這十八年來，主人一直切割我們，切離我們喵。

不可能立刻恢復原狀喵。

不對，打從一開始，能夠恢復的原狀就不存在喵。

必須從頭建設才行喵。

今天只是為此踏出的第一步喵。

我從腹部下方抱住苛虎。

以全身。

以全力。

為了將能量吸取的效率發揮到極限，我儘可能讓自己的身體和苛虎密合。

『唔……』

「喵……喵啊啊啊啊啊啊啊啊啊啊啊啊啊啊啊啊啊啊啊！」

相對於苛虎的呻吟，我放聲慘叫。

並不是為自己打氣，讓自己絕對不會被甩掉的咆哮喵。

不是那樣喵。

我這個怪異擁有的特性——能量吸取，應該是我唯一能打倒苛虎的突破點，不過在思考這件事的時候，也得考量到苛虎這個怪異擁有的特性喵。

火屬性的怪異——苛虎。

在這個場合，可能的類型有三種喵。

第一種是現代廣為人知的類型，就是所謂的「發火念力」，只要心想「燒吧」就能燒掉目標物體的能力喵。但與其說是怪異特性，這種能力更像是超能力，所以我覺得這不像是怪異的技能，而是人類的技能喵（超能力是否真實存在則是另一個問題喵）。如果苛虎是使用這種念力縱火，坦白說無計可施喵。因為只要被這傢伙看到，無論是我還是任何東西都會被燒得精光喵。

但依照前述理由，我從一開始就排除這個可能性，實際上我和這傢伙交談這麼久至今，別說身體，連衣服都沒有起火，而且牠最初的攻擊也是動物的「撲咬」，所以我斷言不用考慮這個可能性喵。

再來是第二種喵。

這一種也是淺顯易懂，很容易就想像得到，就是苛虎會噴火或是從爪尖放火焰的可能性喵。這樣就能配合「咬」或「抓」的動作同時發動，和牠的猛獸造型也沒有矛盾之處喵。

如果是兒童動畫或是怪獸電影，會噴火的怪物很常見喵。基於這個觀點，苛虎的用火方式最有可能是這種類型喵。

應該說，我希望牠是這種類型喵。

然而並不是喵。

雖然不是最棘手的第一種類型，不過苛虎的屬性是第三種喵。

「喵……好燙！」

我不由得差點把緊抓苛虎身體的雙手鬆開，卻在最後關頭再度抱緊。

抱住苛虎化為火焰的身體。

「果然是『本身就是火焰』的類型喵……對吧！」

會噴火的怪異並非不存在，不過以怪異的狀況，第三種類型才是基本喵！

循規蹈矩的主人創作怪異的時候，不可能不依循這方面的前例喵！

沒有刻意標新立異，而是依照常理，創造出怪火形成的怪異喵！

『貓，別逞強了。』苛虎如此說著。『怕火是野獸的天性，更不用說抱火了。妳的行動不只超脫怪異，也已經超脫野性了。』

真是從容喵。

這也是當然的喵。

就像是那個吸血鬼——忍野忍一樣，即使被我抱起來，因為碰觸到我而受到常駐的能量吸取攻擊，她依然能夠活蹦亂跳喵。

換句話說，乍看無敵的能量吸取，還是有弱點喵。

與其說弱點，應該說構造上的缺陷喵。

必然會有的構造缺陷喵。

即使我再怎喵吸收對方的能量，只要水量近乎取之不盡，我就不可能把整座水壩抽乾喵。以主人負面情緒塑造出來的苛虎，能量存量應該比不上吸血鬼，然而……

然而這傢伙的能量，是熱能。

也就是火焰喵。

我在吸光牠的能量之前就會變成烤全貓，這種事顯而易見喵。

「……少廢話！老子當然知道這種事喵！」

正因如此。

正因為顯而易見，所以我放聲大喊。

因為是貓，所以是放聲鳴叫。

「老子再怎麼笨！好歹也知道貓打不贏虎喵！」

窮鼠即使齧貓，終究也只是咬一口喵。

不可能打贏，也不可能擊退喵。

後來只會被暴怒的貓吃掉喵。

我也一樣喵。

能量吸取行得通，會成為打敗牠的突破點？其實我連一半的信心都喵有，其實我知道這甚至稱不上賭注喵。

只是假裝不知道喵。

『那麼……』

虎開口詢問。

看著我這隻可憐的掛在肚子下方的貓開口詢問。

『那麼，妳為何要逞強？為何要亂來？為何要白費力氣？』

「因為……主人拜託我了喵。」

我如此回答。

『…………』

「主人拜託我了喵。」

妳應該不懂喵。

剛出生的妳，肯定不懂喵。

任何事都想獨力完成的主人居然拜託我了，這不知道多喵令我開心。任何事都想獨力解決的主人顧不了出醜，顧不了體面與形象拜託我，這不知道多喵令我開心。

我只是一隻出車禍的貓，主人卻厚著臉皮拜託我了。

甚至還叫我妹妹，把我視為家人！

「主人把願望託付給我……把妳託付給我了！何況……」

我看向民倉莊。

戰場原黑儀也拜託我了。

拜託我照顧這樣的主人。

「……喵啊啊啊啊！」

將主人託付給我。

我更用力抱住苛虎不知道溫度多高的身體，像是以臉頰磨蹭，把整張臉壓上去。

衣服早就燒光了喵。

好燙，好燙，好燙，好燙。

好燙，好燙，好燙，好燙。

感覺宛如緊抱著太陽。

實際上或許就是如此喵。
主人不斷累積至今的妒火，形成這樣的聚合體也不奇怪喵。
正因如此，我非得吞下這一切喵。
溫度越高，存量越多，我越不能放手喵。
非得緊抱才行。
這是我現在的心情喵。
「嗚……喵啊啊！」
『煩死了。』
輕輕一甩。
苛虎如同要把溼透的身體弄乾，身體輕輕一甩——光是如此就把我甩飛。
我狠狠撞上旁邊的磚牆。
「喵！」
我聽著自己的慘叫聲，劇烈的溫差令我短暫失去意識。
不行喵，現在不可以昏過去喵。
現在的我等同於一團火球喵。
如果我在這種狀況昏過去，和主人對調意識，主人應該會全身灼傷立刻死亡。因為我是怪異，才勉強能夠承受這種高溫喵。

「嗚……」

不過……好強的威力喵。

望塵莫及喵。

這喵說來，有一種叫做「化火」的怪異是相撲高手（大家也覺得很怪吧？），但苛虎的怪力毫不遜色喵。

很想罵牠一句「畜生」，但我是貓，這樣罵也不太對喵。

雖然好不容易把持住意識，不過光是這一招就令我再也動彈不得喵。

連指尖都動不了喵。

真是的。

意氣風發幹勁十足來到這裡，卻落得這種下場……好丟臉喵。

喵哈哈。

不過，那個人類小子總是像這樣賭上生命，和不同的對手交戰喵。

一邊打一邊哭喵。

一邊打一邊發牢騷喵。

總是這樣掉著眼淚喵。

沒錯喵。

主人也哭泣就好了喵。
因為悲傷。
因為寂寞。
因為懊悔。
這喵一來，或許不用誕生我或是苛虎，凡事都能意外順利進行喵。
不對，反過來了。
因為有我們，所以主人不會哭泣喵。
這一點，哎，說得也是喵。
要是有我們這種妹妹，姊姊就不能哭了喵。
『真弱小的生物，到此為止嗎？』
苛虎如此說著。
毫無表情。
毫無感情。
宛如一團熱火，緩緩進逼而來喵。
『妳的恩義，只有這種程度嗎？』
「…………」
『哼，好吧，看在我們從同一個女人誕生的交情，吾輩親手拖妳下地獄吧。』

這團火焰若無其事說出如此恐怖的話喵。

地獄嗎……

比起惡夢應該好一點喵。

不過，我不想死這喵多次喵。

被車子撞死。

被主人迷死。

被老虎燒死。

我到底要死幾次？

有人說笨蛋至死都沒藥醫，不過這是錯的喵。

我寧願，一直當個笨蛋……

「唉～……我真的很開心喵。」

即使如此，苛虎大概是基於野性，所以警戒著我的能量吸取緩緩接近。

我看著映入眼簾的苛虎如此低語。

遺言？

不對。

這只是嘴硬不服輸。

「拚了老命戰鬥，也只能牽制妳晚十秒縱火……我真討厭自己弱成這樣喵。」

『所以，吾輩不是說了嗎？』

苛虎如此回應。

果然毫無情緒。

沒有任何情緒的……情緒起伏。

『這是逞強，這是亂來，這是白費力氣。』

「是逞強喵，是亂來喵，是白費力氣喵。」

唉～……

這麼說來，到最後還是沒能說出口。

明明那麼喜歡。

明明喜歡到成為怪物。

我還是從來沒向阿良良木說出「我喜歡你」。

「這是逞強，這是亂來，這是白費力氣。」

「羽川，沒這回事。」

此時，在這一剎那，夜空射來一把大太刀。

刀貫穿苛虎的脖子，將苛虎固定在地面。

這把日本刀……老子知道。

我知道這把刀。

其名為——妖刀「心渡」。

古今罕見的稀世名刀——怪異殺手。

「…………！」

「或許是逞強，或許是亂來，不過並沒有白費力氣。要是妳沒有拚命努力，讓這隻虎晚十秒縱火，我就會趕不及。」

春假至今留長的黑髮。

短小精悍的體格。

皮膚與衣服都滿是傷痕，鞋子也少了一隻。

光是這樣的外型，就足以陳述他來到這裡之前留下多麼辛苦的回憶，經歷多麼恐怖的過程。

「如果是這種結果，我肯定會哭泣。」

阿良良木握著刀柄如此說著，露出了笑容。

065

「啊，啊啊……」

阿良良木。

阿良良木，阿良良木。

阿良良木，阿良良木，阿良良木……

肌膚各處灼熱疼痛。

我的意識明顯浮現至表層，導致全身的灼傷疼痛不已，但我對此毫不在意。

我內心更加火熱，宛如灼燒。

什麼嘛。

到最後，月火妹妹說的才對。

比起嫉妒，愛戀更如火。

光是看到阿良良木，就如此熾烈燃燒。

明明只有數天沒有見面，卻宛如百年的離別。

「阿良良木……你怎麼在這裡？」

「喂喂，羽川，別問這種傻問題，我的心會受傷。」阿良良木如此說著。「妳陷入危機，我當然不可能不趕過來吧？」

「……啊哈哈，嘴巴好甜。」

我不由得笑了。

真的，嘴巴好甜。

明明直到剛才，都和真宵妹妹與神原學妹進行壯烈的冒險。

又像這樣變得身心俱疲……

遍體鱗傷，傷痕累累。

肯定做了許多逞強的事情。

肯定做了許多亂來的事情。

不過……並沒有白費力氣。

對吧？

「其實，我是看到妳寄來的便服照片，才會不顧一切趕過來！」

「不不不，絕對不是。」

我希望這是玩笑話。

何況那是阿良良木的便服。

而且幾乎燒光了。

『咕……嗚啊……』

阿良良木的下方——虎在呻吟。

苛虎在呻吟。

『啊啊啊啊啊啊啊啊啊……好痛，好痛，好痛，好熱，好痛，好熱，好熱，好熱，好熱……』

「我都忘了。」

阿良良木見狀，一鼓作氣從苛虎喉頭抽回刀。

動作純熟。

說真的，他這幾天到底經歷何種程度的苦難？不禁覺得他更有戰士的樣子了。

「那個，現在的妳是ＢＬＡＣＫ羽川……嗎？不對，是羽川嗎……可是妳頭上依然有貓耳，而且頭髮是白的……」

「全都是我喔。」

「這樣啊。」

阿良良木點了點頭，一把從後頸抓起瀕死的苛虎——把依然持續冒煙的情緒聚合體拖到我面前。

把這頭遠超過五百公斤的沉重猛獸，拖到我面前。

「……所以，並不是要除掉牠吧？抱歉，我擅自看那封信了。」

阿良良木如此說著。

他趕到這裡之前，似乎有回到自己的房間，他就是因此才知道地點在「這裡」。

「『心渡』貫穿牠的要害，牠活不久了，要吸收就快吧。」

「…………」

既然看過那封信……他應該全部明白了。

這麼做之後，我將會不再是我。

至少，不再是至今的我。
他明知如此，還是對我這麼說。
「……阿良良木，可以嗎？」
即使如此，我還是以話語，向理應明白一切的阿良良木確認。
至今明明如此倔強，總是沒有向他求救。
卻在此時，想依賴他的溫柔。
「我變得不再是我，也可以嗎？」
「羽川，我不是說了嗎？別問這種傻問題。」他立刻回答。「妳剛才不是也自己說了？無論如何，這全都是妳，即使變了也同樣是妳。放心吧，我在這方面不會亂寵妳，要是妳變成討厭的傢伙，我會討厭妳；要是妳做壞事，我會責備妳；要是妳遭人怨恨，我會保護妳；要是妳變笨……哎，我會教妳唸書；要是妳哭泣，我也會安慰妳。」
阿良良木說完之後，撫摸我的頭。
「…………！」
這個行為，使我的心……焚燒殆盡。
已經不只是火熱的程度了。
是的。

我一直希望，有人能對我這麼做。

希望有人能像這樣，溫柔撫摸我。

溫柔觸碰我。

「阿良良木。」

「嗯？」

「我好喜歡阿良良木。」

我說了。

「願意以結婚為前提，和我交往嗎？」

終於說得出口了。

只為了說這句話，卻花了將近半年。

聽到我唐突示愛的阿良良木，稍微露出驚訝的表情，並且露出困惑的笑容。

「這樣啊。」他如此回答。「我好高興，不過抱歉，我現在有喜歡的對象了。」

「我想也是，我知道的。」

我抬頭看向正前方。

民倉莊二〇一號室。

她肯定正在屋內，和父親一起就寢。

「比起我，你更喜歡她？」

「嗯。」

即使是提出壞心眼的詢問，他也率直回答。

我好高興。

不過，當然更加受傷。

「……唉～被拒絕了。」

沒錯。

這樣就行了。

這是正確的。

示愛，並且受到拒絕。

何其悲傷。

要是沒能體驗這種悲傷，談什麼走遍全世界尋找自我？

不是尋找自我，也不是打造自我。

沒有失戀，哪可能進行失戀之旅？

雖然我沒能說出「救救我」，卻說出「我喜歡你」了。

說得出口了。

阿良良木當然早就知道我的心意，在文化祭前日，他就已經感受得到了。
不對，既然他看過我留在房間的信，應該有再度感受一次。
但是，不能只是感受。
我必須親口傳達給他。
必須得到他的回覆。
阿良良木對我的想法，我必須聽他親口傳達給我。
如今，我終於得到回覆。
得以被他拒絕，受到傷害了。
我伸出手，觸碰苛虎的額頭，撫摸第三個我。
能讓我高興的這個動作，如今我用在依然持續燃燒的情緒之火。
我撫摸著燻黑的情感。
能量吸取。
這是最後的能量吸取。
全身的燒燙傷逐漸痊癒。相對的，宛如怒濤的情感流入體內。
這是十八年來不斷累積的負面情緒。
也是心理壓力。
扔給ＢＬＡＣＫ羽川與苛虎的一切，如今連本帶利回到我的身體。

「嗚……嗚，嗚嗚嗚嗚嗚……」

為什麼？

回過神來，就已經如此了。

「嗚……嗚嗚嗚嗚……嗚，嗚哇啊啊啊！」

回過神來，我正在哭泣。

或許是無法承受充盈至極限的情感，或許是伴隨而來的心理壓力造成痛楚，或許果然是基於失戀的悲傷。

我在阿良良木的面前，不顧一切，宛如孩子，宛如嬰兒——放聲大哭。

「嗚哇啊啊啊啊啊啊，啊，啊，嗚，嗚啊啊啊啊啊啊，嗚，噫……嗚哇啊啊啊啊啊啊啊啊啊啊啊啊啊啊！」

所以我覺得，我終於在這一天——誕生了。

阿良良木遵守承諾安慰我，直到我不再哭泣。

不發一語。

整個晚上，持續溫柔撫摸我的頭。

066

接下來是後續。

與其這麼說，應該把至今的內容視為前言。

接下來是我的物語，從今天開始的物語。

首先，阿良良木堅持閉口不提這幾天曠課期間的經歷。總之神原學妹隔天就正常上學（除了左手臂的繃帶，似乎不像阿良良木那樣遍體鱗傷），阿良良木說不用擔心真宵小妹，他與小忍暫時切斷的連結也恢復，所以我覺得一切應該都和平落幕了。

這件事和臥煙小姐與艾比所特的關連，還有阿良良木和他們的互動，這方面的詳情依然不得而知。

不過，以阿良良木的狀況，他肯定遭遇非常艱困的難關，而且順利克服。

我也想向他看齊。

後來，我有機會和恢復連結的小忍對話，對她述說阿良良木不在時經歷的事件。

「應該是『火車』。」小忍如此說著。「雖然沒有來源，但概念應該來自於此。與其說是『化火』，感覺比較像是參照『火車』創造之怪異。」

「火車？」

這麼說來，雖然成為BLACK羽川時和小忍交談好幾次，不過這應該是我第一次像這樣和小忍交談。我如此心想並且繼續詢問。

「您說那是『火車』……」

「怎麼啦，班長，汝不知『火車』為何物？」

「不，我知道，可是……」

對方是五百歲的怪異，所以我姑且使用敬語，不過眼前是外型大約八歲的幼女，令我五味雜陳。

「可是，那是虎啊？」

「吾亦聽障貓如此形容，因此兩者難以扯上關係……然而既然屬性為火，應該是火車無誤。」

「這樣啊……」

所謂的「火車」，是將屍體拖進地獄的怪異——這麼說來，苛虎也說過「拖進地獄」這種話——而且世間大多將「火車」形容為貓妖。貓。

——看見吾輩了。

——只有這是重點。

苛虎也說過這種話。

換句話說，只要看見苛虎，就會二話不說被強制送進地獄。

「……可是不是貓，是虎。」
「差異不大吧？」
「不是車，是虎。」
「汝不知道BLACK TIGER？此為車蝦之別名，黑虎蝦。」（註20）
「…………」
居然講黑虎蝦……
不過，也因此是火車，是火虎。
真要說的話，這比較像是巧合……不過畢竟是臥煙小姐取的名字。
不對，算是我取的名字。
既然這樣……
「繼車禍之怪異障貓，這次是將死人拖入地獄之火車怪異……兩者呼應得挺有趣的，哈哈哈，夏威夷衫小子說過，遭遇怪異即會受到怪異吸引，正是如此。」
「不如說，這完全就是聯想遊戲了……那麼，苛虎即使不是從障貓之類的怪異衍生而成，也不是完全原創的怪異吧？」
「完全原創之怪異並不存在，此為古今中外所有創作者註定遭遇之障礙，石燕亦是如此。汝構思之炎虎，肯定是包括『化火』與『火車』在內，以汝累積至今之知識與

註20　草蝦的日文直譯即為「車蝦」。

人際關係形成之產物，即使自由度相當高，亦非完全自由。」

「藝術來自模仿，是吧？」

「此種想法也頗為卑微，頗為自虐吧？」

小忍聳肩而笑。

悽愴的笑容。

「應該解釋為『承先啟後』。某人繼承某人，並且傳承給某人，將前一世代傳過來的球傳給下一世代，遲早有人能射門得分，得分之後，比賽依然繼續進行，此即為血脈，即為傳承，或許某人也會以汝構思之ＢＬＡＣＫ羽川與苛虎繼續創作。」

「唔～……」

這我就不願意了。

不過，要是我的愚昧能夠成為後世某人的教訓，或許就有意義可言。

我這段毫無用處的物語，或許派得上用場。

我如此心想。

由於阿良良木回來，我理所當然必須離開阿良良木家。

「不，不用介意，我睡地板就好，妳繼續睡我的床吧。不然我可以睡床底，乾脆用我當床吧，妳換衣服的時候，我當然會閉上眼睛。」

雖然阿良良木親切挽留，但我只感受到自己的貞操有危險，所以慎重回絕。

他對我的態度一如往常，令我感到高興，但是這也表示他的心意毫不動搖，令我難免悲傷。

說不定繼續借住阿良良木家的話，反而是阿良良木的貞操有危險。

火憐妹妹說出「哥哥滾出去，讓翼姊姊成為我們家一分子吧」這種話（好過分），但是當然不能這麼做。

他們這一家，再怎麼樣都只以他們組成。

無從介入。

即使回顧才發現只有兩晚，但終究受到阿良良木家的照顧了。我向他們全家人鄭重致謝，離開阿良良木家。

後來我回到戰場原同學家——差點付之一炬的民倉莊二〇一號室。

戰場原同學的父親，似乎要到國外出差半個月左右，所以伯父當面請我務必在這段時間和戰場原同學一起住。

這當然是表面上的說法。

除非自願，否則不可能忽然就安排出差行程。

戰場原同學似乎是和父親說明狀況，預先進行這樣的安排。她也明白，即使不曉得阿良良木何時回來，終究不能一直借住阿良良木家。

換句話說，包含這部分在內，都是妙計。

「黑儀，我從以前就一直吩咐，要妳成為朋友有難隨時相助的人。」

戰場原伯父出發之前，提著出差用的大型行李箱如此說著。

「妳依照吩咐成為這樣的人了，這是我最欣慰的事情。」

他撫摸著女兒的頭。

戰場原同學當時的表情，我一輩子不會忘記。

伯父的表情也是。

後來我和戰場原同學進行了短暫的同居生活，不過當然不是凡事都很順利。

坦白說，將障貓與苛虎收容回來的我，處於情緒極度不穩定的狀況，至少不是一個能夠融洽相處的同居人。

然而，戰場原同學扶持著這樣的我。

「因為我也和妳一樣。」

她這麼說。

她一五一十告訴我，之前她是如何克服這種情緒波動至今。

我們曾經衝突，曾經爭吵。

不過後來就會和好。

她和我最喜歡的阿良良木交往，我其實應該非常妒忌她才對，不過在這樣的日子之中，我理解自己為什麼沒有嫉妒的情緒了。

是的。

我大概從一開始就明白了。

阿良良木。

戰場原同學。

他們將會交往。

將會交往。

我明白，我知道。

即使不是無所不知，但我知道這件事。

所以，在母親節之後，我想聲援他們這份戀情的心意，只有這份心意是真的。

戰場原同學對我說：

「羽川同學，我啊，曾經想過相反的事情。四月以來，我看到阿良良木與羽川同學，一直覺得你們兩人肯定會交往，即使沒有交往也互有好感。所以當我詢問阿良良木這件事卻聽到否定答案的時候，我嚇了一跳。」

因為是現在，所以我才敢率直說出來。

她如此表示。

「我向阿良良木示愛的時候，我覺得他肯定會拒絕。當然，那時候的我打算不惜手段逼他答應，不過內心某處難免有種『死馬當活馬醫』的想法，因為阿良良木怎麼看都是喜歡妳……當時我覺得，肯定是因為阿良良木喜歡上羽川同學，我才會喜歡上他。」

「這樣啊，那妳真的和我相反呢。」

我對戰場原同學如此說著。

說出這句話的我，應該是面帶笑容。

「要是阿良良木沒有和戰場原同學交往，我想我就不會這麼喜歡他了。」

是的。

雖然極為常見，但我們是為他的溫柔著迷。

不切割任何事物，不拋棄任何事物。

我們為他的多情著迷。

太好了。我未曾因為阿良良木而憎恨戰場原同學，只有這份情感沒有被我切割，是我真正的心情。

即使如此，我還是無法否認有種羨慕的心情，所以晚上偶爾會調戲戰場原同學，她在這種時候的反應令我欲罷不能。

原來如此。

我喜歡阿良良木，但我也喜歡戰場原同學。

我覺得承認這一點之後，我終於能失戀了。

能在痛楚的陪伴之下，失戀了。

這樣的生活持續了十天。

這一天，終於來臨了。租到可以代替全毀羽川家的房子了。

既然這樣，我就非得搬回去才行。雖然戰場原同學擔心表示「不用這麼急著離開，等內心做好準備也不遲」，但我不要緊了。

無須任何擔心。

「謝謝，我很快會再來玩。」

我對戰場原同學如此說完之後，瀟灑離開民倉莊……不，這是假的。

我放聲大哭了。

要和戰場原同學分開，令我難過不已；想到今後要面對的生活，令我害怕無比。

原來如此，苛虎說得沒錯。

我確實很脆弱。

動不動就掉眼淚。

不過戰場原同學也哭了，所以或許是彼此彼此。

這麼說來，從民倉莊前往新住家的路上，我和千石妹妹擦身而過。

千石撫子——和阿良良木有段緣分的國中生。

但我和她沒什麼接點，而且當時的她和父母在一起，所以我沒有打招呼，而且對方似乎也沒察覺到我。

他們家看起來好和睦。

我如此心想，有所妒忌。

我心想不可以這樣，連忙打消這個念頭。

不對，不能打消。

我這個人，就是會羨慕那樣的光景。

從接受這個事實開始吧。

好好確認心中燃燒著火焰，並且活下去吧。無論是什麼樣的火焰，火焰都是重要的文明。

我肯定也能進化吧。

雖然不是借用神原學妹的說法，總之能在路上正視那樣幸福的一家人，就代表我的視野更加開拓，代表我開始向前邁進了。

順帶一提，羽川家及補習班廢墟付之一炬的事件，以「極為近似意外的自然起火」結案。例如玻璃成為透鏡聚焦生熱，或是夏天罕見的乾燥空氣所導致，諸如此類。

原來如此。

世界似乎是以這種方式自圓其說，解決矛盾之處。

即使如此，我也不會忘記自己做過的事。

即使無人問罪，也不是無罪。

這是活在世上的人們必須警惕在心的道理。

生而在世，不可能一塵不染。

我如此心想。

對於那兩個人來說，我抵達的租屋處，只不過是新家重建前的臨時住處，因此屋子並不大，在這個區域甚至屬於小型住家。

房間也不算多。

不過，我已經對我應該稱為父親與母親的那兩個人，明確說出這句話了。

得知確定租到住處的時候，就告訴他們了。

「爸，媽，請給我自己的房間。」

所以，我打從出生至今，第一次得到自己專屬的房間。

我不想讓內心的妹妹們覺得擁擠。

是的。

她沒有消失。

苛虎也還沒消失。

就在我心裡。

而且，我也沒有消失。

昔日的我，也在今日的我心中。

我忽然有個想法。

優等生，班長中的班長，溫柔對待任何人，公平，聰明，宛如聖人——阿良良木曾經如此形容的這個我，或許正是我第一個創造出來的怪異。

阿良良木稱為「真物」。

戰場原同學稱為「怪異」的女孩。

這正是我第一次的「創造自我」，是我理想中的自己。

為此，我殺害各式各樣的自己至今。

這肯定是萬萬不能做的事情。

最初從我內心切割出去的不是別的，正是我自己。沒有誰是真物、誰是本人的問題，沒有主人格與主導權。

全都是我。

所以，無論是現在的我，昔日的我，或是今後的我，本質上或許毫無改變。

如同阿良良木一直都是阿良良木，即使我如何改變，即使我成為什麼樣的我，依然完全沒有改變。

就是這麼回事。

一切都沒有改變。

這就是後續，應該說是本次的結尾。

我是我。

是羽川翼。

貓耳已經縮回去，而且再也沒看見苛虎，但是白了一半宛如虎紋的頭髮，應該就是最好的證據。

以這種造型上學實在太前衛了，所以我每天早上都會染黑，但我不認為這是花時間的麻煩事。

這就像是我和她們——和自己內心的交流。

我很高興能夠這麼做，這是我毫無虛假的真心話。

嗯。

肯定就是如此延續下去。

用不著刻意改變，也會逐漸改變。

這就是我的人生。

我以得到的鑰匙打開玄關大門。他們似乎還在工作沒回來，家裡空無一人。

雖然是完全陌生的屋子，卻沒有入侵別人家的感覺，甚至有種熟悉習慣的感覺。

光是自行以鑰匙打開玄關大門，就會令人有這種感覺嗎？

對此感到神奇的我，先是走上階梯。

一階一階。

宛如細細品味。

走上最後一階抵達二樓時，我不知為何忽然想起真宵小妹。

從第一次見面就一直迷路的她。

迷牛。

原來如此，我創作苛虎的第一份參考資料，或許不是火車或化火，而是迷牛。

真宵小妹當然已經和迷牛切割，但有可能是這方面的餘韻。

我見到真宵小妹之後立刻遭遇苛虎，或許不只是因為得知阿良良木失蹤。

曾經有一段時代將牛與虎兩種生物混淆。既然這樣，就也有這種可能性。

失去家族與住家的我，很適合遇見這樣的怪異。

從那一天開始……不對，從我五月在那座公園遇見真宵小妹開始，我一直是個迷路的孩子。

來來回回，反反覆覆，走遍各處。

徬徨迷失。

下次見到真宵小妹，就和她聊這個話題吧。

我如此心想。

實際上，我真的是迷失了好久。

迷失於如何迷失。
但我也因此認識了好多人。
好多好多。
看見各式各樣的家族。
看見各式各樣的我。
所以，我成為我了。
過去的我是我，未來的我也是我。
我沒有任何一瞬間不是我。
那麼，明天的我會是什麼樣的我？
我對此抱持期待，轉動門把。
這是我所得到，自己專屬的房間。
三坪大的西式房間。
雖然距離畢業剩下短短半年，但這裡確實專屬於我。
專屬於我們。
此時，我忽然想起那一天，不知何時加在筆記本那封信末尾的那段文章。
不，並沒有長到足以稱為文章，只有一行……應該說四個字。
這是至今一直陪伴我，總是守護我的一隻白貓，唯一留下的一句問候。

平凡常見，所有人每天理所當然說出口的問候。

然而對我來說，這是我出生至今第一次說出來的話語。

「我回來了。」

我進入我的房間。

我終於回來了。

後記

漫畫裡被暑假作業之類的東西逼得走投無路的主角，經常會提出「要是有兩個身體該有多好」或是「想要另一個自己」這種亂來的要求，不過在這種作品裡，即使主角真的有兩個身體或是有另一個自己，也經常因為雙方同時偷懶，使得效率到最後完全沒有提升。或許各位認為這是在所難免，不過仔細想想就不一樣了，問題其實在於兩具身體是否都擁有自己的意志，如果能以單一意志操縱複數身體，也就是「身體A與身體B」可以像是「右手與左手」這樣以單一的司令系統使喚，效率應該會突飛猛進。或許各位會覺得這是無稽之談，但出乎意料並非如此，因為在現今的世界，無線之類的科技已經非常發達，今後或許能以極為機械化的方式達到這個目標，簡單來說就像是安裝機械手臂之類的，難道各位沒有這樣的預感嗎？但要是以這種方式將自己無限擴展出去，似乎就無法辨識哪些範圍可以定義為自己了。比方說外出時穿在腳上的鞋子，算是自己的一部分嗎？還沒剪掉的指甲屬於自己的一部分，剪掉的指甲就不是嗎？擺放在書櫃上的書，可以稱為自己的一部分嗎？腦中的知識是自己的一部分，還是純粹的知識？「自己是什麼」或是「到何種範圍可以定義為自己」這種問題，似乎從以前就苦惱著許多人，不過仔細想想，或許現代社會正是對此最感苦惱的時代。

本書以《貓物語（白）》為書名，卻沒有和《貓物語（黑）》成對，《（黑）》與《（白）》是各自獨立的作品，何況兩本的第一人稱敘述者就不一樣。該怎麼說，如果《化物語（上・下）》、《傷物語》、《偽物語（上・下）》到《貓物語（黑）》是第一部，這本《貓物語（白）》開始就是第二部。接下來這種講法算是刻意誇大，不過從這部系列作品開始時就已經預先構思（想不想寫出來暫且不提），早已「存在」的物語只到上一本為止，本書之後的物語，是連作者都不知道的未來。雖然我覺得「這就是作者無法控制劇中角色自由發揮的狀況」，但我預定接下來再寫五本左右，會是什麼樣的故事呢……就像這樣，本書是以百分之貓的興趣寫出來的作品《貓物語（黑）》。不對，是《貓物語（白）》。

第二部也是繼續請VOFAN老師擔綱繪製封面與刊頭插畫。不過羽川小姐上封面的次數也太多了，整部系列作品有三本是她，如果下一本也是羽川小姐就厲害了，而且並不是不可能。總之包含「封面人物是誰」在內，敬請各位期待下一集。話說如果不是八九寺，我會很驚訝的。

那麼各位，今後也請繼續多多指教。

西尾維新

作者介紹

西尾維新 (NISIO ISIN)

1981 年出生，以第 23 屆梅菲斯特獎得獎作品《斬首循環》開始的《戲言》系列於 2005 年完結，近期作品有《真庭語》、《難民偵探》、《零崎人識》系列等等。

Illustration

VOFAN

1980 年出生，代表作品為詩畫集《Colorful Dreams》，在臺灣版《電玩通》擔任封面繪製，2005 年由《FAUST Vol.6》在日本出道，也在 2008 年的《FAUST Vol.7》發表新作，2006 年起為本作品《物語》系列繪製封面與插圖。

譯者

哈泥蛙

專職譯者。自打嘴巴的特性眾所皆知，最具代表性的例子是「今年絕對是我工作最忙碌的一年」，至今講四次了。

書盒子
貓物語（白）
（原名：猫物語（白））

作者／西尾維新　插畫／ＶＯＦＡＮ　譯者／張鈞堯
執行長／陳君平　榮譽發行人／黃鎮隆
協理／洪琇菁　國際版權／黃令歡、梁名儀
執行編輯／呂尚燁　美術主編／李政儀
企劃宣傳／洪國瑋
出版／城邦文化事業股份有限公司　尖端出版
台北市中山區民生東路二段一四一號十樓
電話：（〇二）二五〇〇七六〇〇　傳真：（〇二）二五〇〇二六八三
E-mail：7novels@mail2.spp.com.tw
發行／英屬蓋曼群島商家庭傳媒股份有限公司城邦分公司　尖端出版
台北市中山區民生東路二段一四一號十樓
電話：（〇二）二五〇〇—七六〇〇（代表號）
傳真：（〇二）二五〇〇—一九七九
中彰投以北經銷／楨彥有限公司
(含宜花東)　電話：（〇二）八九一九—三三六九
傳真：（〇二）八九一四—五五二四
雲嘉經銷／智豐圖書股份有限公司　嘉義公司
電話：（〇五）二三三—三八五二
傳真：（〇五）二三三—三八六三
南部經銷／智豐圖書股份有限公司　高雄公司
電話：（〇七）三七三—〇〇七九
傳真：（〇七）三七三—〇〇八七
一代匯集／香港九龍旺角塘尾道六十四號龍駒企業大廈十樓Ｂ＆Ｄ室
電話：（八五二）二七八三—八一〇二
傳真：（八五二）二七八二—一五二九
馬新經銷／城邦（馬新）出版集團Cite (M) Sdn. Bhd.
E-mail：cite@cite.com.my
法律顧問／王子文律師　元禾法律事務所
台北市羅斯福路三段三十七號十五樓
二〇一二年九月一版一刷
二〇二二年十月一版五刷

■中文版■

郵購注意事項：
1. 填妥劃撥單資料：帳號：50003021戶名：英屬蓋曼群島商家庭傳媒(股)公司城邦分公司。2. 通信欄內註明訂購書名與冊數。3. 劃撥金額低於500元，請加附掛號郵資50元。如劃撥日起 10～14日，仍未收到書時，請洽劃撥組。劃撥專線TEL：(03) 312-4212 ・ FAX：(03) 322-4621。E-mail：marketing@spp.com.tw

國家圖書館出版品預行編目資料

貓物語 白 / 西尾維新 著; 張鈞堯 譯.
—1版.—臺北市：尖端出版，2012.09
面 ； 公分.—(書盒子)
譯自:猫物語 白
ISBN 978-957-10-4895-6(平裝)

861.57　　101008193